L'amour est plus fort que tout

Mianjeke

Page de copyright

© 2019 Mianjeke,
Édition : BoD – Books on Demand, 12/14 rond-point des Champs-Élysées, 75008 Paris
Impression : BoD - Books on Demand, Norderstedt, Allemagne
ISBN : 9782322191154
Dépôt légal : Décembre 2019

Eté 1959 (Hugues)

La journée s'annonce belle, il fait chaud déjà alors qu'il n'est que neuf heures du matin et il n'y a aucun nuage à l'horizon. Lorsque le soleil montera un peu plus dans le ciel, tirer cette foutue charrette sera encore plus pénible, encore que je préfère la transpiration à la pluie, à choisir. Les jours de pluie sont généralement des mauvaises journées, les clients ne sont pas nombreux et, du coup, les journées paraissent plus longues.

Je n'ai jamais été doué pour les études, peut-être la faute vient du milieu modeste auquel j'appartiens, ou bien tout simplement, je ne suis pas fait pour cela. C'est vrai que petit, j'accompagnais souvent mon oncle dans ses tournées, et j'aimais bien cela, au lieu d'être enfermé dans une classe d'école, froide en hiver ou étouffante en été. Ces balades sur les routes du département étaient pour moi synonymes de liberté. Je profitais du grand air, des discussions de mon oncle aussi, certes ce n'était pas toujours très intéressant, mais cela valait plus le coup que d'écouter le maître. Aussi, l'idée m'est venu assez tôt que je deviendrai moi aussi un rémouleur comme mon oncle. J'ai passé beaucoup de temps à me fabriquer ma « carriole pourrie », comme l'appelait mon père, mais avec des planches et des accessoires de récupération, trouvés çà et là, vu que je n'avais pas de quoi acheter le matériel nécessaire, ce n'était pas toujours facile. Il a fallu d'ailleurs que je m'y reprenne à plusieurs fois. Chaque fois que je trouvais une pièce qui me paraissait mieux adaptée, ou plus efficace, je démontais et remontais ma carriole, elle a eu plusieurs vies si on peut dire. Mon assiduité et ma ténacité m'ont permis d'avoir ma carriole prête pour mon nouveau métier dès mes 18 ans. Depuis plus de trois mois, je sillonnais les villages alentours et parmi ceux-ci, je me languissais toujours de repasser à Gauré, petite bourgade à l'est de Toulouse, avec toujours l'espoir que Germaine aurait des couteaux à faire aiguiser. Nous avions deux ans d'écart, ce n'est pas qu'elle était charmante, pour sûr des jolies filles, j'en voyais et en croisais souvent, non, mais elle était très gentille, elle aimait bien discuter avec moi, elle était agréable et toujours bien habillée, du moins elle savait faire beau avec peu. Elle accommodait toujours ses petits chemisiers avec tantôt une broche, tantôt un foulard noué autour des hanches, parfois même avec une fleur à une boutonnière, mais elle était toujours souriante et avenante et ça me plaisait, je me sentais bien quand elle était auprès de moi. N'est-ce pas au fond ce que l'on recherche chez l'être aimé ?

Voilà que je m'emballe, mais finalement, je dois reconnaître que c'était souvent ce que mon cœur faisait quand je la voyais arriver sur la place publique.

Si je gagnais un peu plus d'argent d'ici quelque temps, j'achèterais la vieille mobylette de Paul, un ami de mon père. J'avais déjà prévu l'attache au niveau de la carriole, du coup, je pourrais étendre mon rayon d'action et gagner un peu mieux ma vie. C'est que si je devais partir de chez mes parents, il faudrait que je la gagne bien cette vie et peut-être même pour deux avec Germaine si toutefois elle voulait bien, ce qui ferait mon plus grand bonheur. Je suis sûr que nous aurions des besoins et des goûts modestes tous les deux, mais par principe, nous ne pourrions compter que sur nous et pour cela, il fallait bien que je multiplie les villages alentours.

Je n'avais pas encore assez d'argent de côté, je gagnais déjà pas mal d'argent et comme dépense je n'avais qu'une petite somme que je donnais à mes parents. Au début, lorsque je leur en avais parlés, ils ne voulaient pas, mais je voulais montrer à mon père que, même si je n'avais pas fait exactement les études qu'il aurait voulues, j'étais capable de gagner ma vie. De temps en temps, j'achetais une place de cinéma aussi, mais c'était rare et je pouvais donc économiser pas mal d'argent tous les mois. A ce rythme-là, ma carriole serait bientôt tractée par une mobylette vrombissante.

En entrant sur la place de Gauré ce jour-là, j'espérais comme toujours, que Germaine viendrait me voir et que nous pourrions bavarder un peu comme à chaque fois. J'avais même eu l'idée de ne pas monter cette semaine jusqu'à Saint-Jean des Pierres ni au Hameau de Beaulieu, la dernière fois il n'y avait eu qu'une personne, et avec ces précieuses heures gagnées, d'inviter Germaine à prendre un verre au bar de la place. Confortablement installés sur la terrasse, nous pourrions ainsi bavarder plus tranquillement et aborder des sujets plus personnels.

Lorsque Germaine arriva dans sa jolie jupe blanche avec dentelles et son joli chemisier rose pâle, mon cœur commença à s'exciter comme jamais. Elle avait un joli chapeau de paille, sans doute que les rayons de soleil commençaient à chauffer un peu et elle avait été bien prudente de sortir couverte de la sorte. Elle arborait un sourire radieux peut-être plus prononcé que d'ordinaire ou bien, c'était moi qui me faisais des idées, un peu comme celle de croire qu'elle n'était pas indifférente à ma présence.

Prétextant une chaleur qui commençait à être insupportable, elle défit un bouton de son chemisier, celui-ci laissant apparaître le galbe généreux de sa poitrine. Son sourire et ses yeux malicieux, me fixant lorsque je repris mes esprits et que mon regard décida de quitter cette vallée magnifique qui venait de se présenter à moi, avaient dû faire rosir mes joues que je sentis bouillonnantes tout d'un coup, elle grimaça pour réprimer, à coup sûr, un début de rire juvénile.

Je m'empressais de passer tous les couteaux de Germaine, puis ayant enfin terminé, je lui fis ma demande.

_ Ça te dirait de prendre un verre avec moi en début d'après-midi lorsque j'aurai fini mon travail, disons vers les 15 heures ?

Elle me répondit avec un large sourire, visiblement cela l'avait rendue joyeuse.

_ Je ne sais pas encore si je pourrai me libérer longtemps, car je dois aider ma mère qui reçoit des cousins pour la soirée, mais promis, Hugues, je viendrai au moins pour une petite heure.

J'étais ravi et en même temps, je commençais à trouver le temps long, les heures et les minutes nous séparant de ce rendez-vous allaient être les plus longues de ma vie.

Lorsque le clocher de l'église sonna la demi-heure après 14 heures, j'avais fini de ranger mes outils et commençais à rapprocher ma carriole de la terrasse du bar. Il y avait là un petit emplacement à côté de deux chaises et d'une table un peu en retrait et je pensais que ce serait l'endroit idéal pour être un peu tranquille. Me voilà donc assis tranquillement en attendant que Germaine arrive. Cela ne faisait même pas dix minutes que je m'étais installé qu'elle arriva au coin de la rue.

_ Je suis content que tu sois là, qu'est-ce que tu veux boire ?

_ Je prendrais comme toi, Hugues, c'est gentil.

_ Garçon, pourriez-vous nous apporter deux panachés, bien blancs. Merci beaucoup.

Ce délicieux breuvage serait très agréable en cette belle journée ensoleillée. Je sentais ma gorge un peu sèche, ou bien était-ce la présence de cette créature divine qui me faisait perdre un peu de mon assurance au point de me serrer ainsi la gorge ?

Ce jour-là, nous avions beaucoup échangé sur nos vies respectives, nos familles, nos rêves aussi et nos envies pour notre futur et au-delà de ce que nous pouvions raconter, une certaine intimité commençait à s'installer entre nous. Ayant repris un peu d'assurance, à plusieurs reprises, j'ai réussi à la faire rire. J'adorais son rire, elle avait une sorte d'insouciance et de douceur juvénile quand elle se mettait à rire qui me faisait tourner la tête. Je crois pouvoir dire que c'est à partir de ce jour-là que je l'ai aimé profondément.

Ce matin-là j'étais tout particulièrement excité, j'allais voir Paul pour lui acheter sa mobylette. J'allais enfin pouvoir multiplier les villages et donc les gains bien entendus. De son côté Germaine avait trouvé à travailler à la boulangerie quelques heures par semaine, cela ne lui faisait pas un salaire énorme, mais elle avait déjà mis pas mal d'argent de côté. Tous les sous qu'elle avait déjà eus dans divers petits boulots, (il lui était arrivé de garder des enfants pour la femme du médecin quand celle-ci devait s'absenter pour rendre visite à sa mère dans le nord), mais aussi l'argent qu'elle avait reçu pour ses anniversaires.

Paul avait préparé le bolide, il avait passé un coup de chiffon pour enlever la poussière, il avait graissé la chaîne et fait le plein. Je lui donnais l'argent dans une enveloppe qu'il ne prit même pas la peine de vérifier, de toute façon, je ne pouvais pas me permettre d'avoir oublié un billet, c'était un ami très fidèle de mon père, presque comme un frère, je n'imagine même pas ce que j'aurais entendu si tel avait été le cas.

Vers 10 heures, me voilà chevauchant mon bolide d'acier pétaradant dans les ruelles du village, en route pour de nouvelles contrées à explorer et conquérir.

Nous nous rencontrions une fois par semaine avec Germaine, et nous étions toujours plus frustrés de devoir nous quitter à chaque fois, mais nous avions décidé que j'attendrais ses 18 ans pour pouvoir demander sa main à son père.

Printemps 1961 (les enfants)

Cela faisait maintenant plusieurs semaines qu'avec Hugues nous peaufinions la demande officielle en mariage et nous étions sur des charbons ardents. Je l'avais fait venir quelques fois à la maison, et le contact avait été plutôt chaleureux avec ma mère, mais plus réservé du côté de mon père. Il avait rêvé d'un meilleur mari pour moi comme il me l'avait bien dit, après sa dernière visite, lorsque j'avais évoqué le fait que je me voyais bien vivre avec Hugues.

Lorsqu'il arriva dans le chemin qui mène au portail de la petite maison que nous habitions, je me précipitais pour l'accueillir avec un sourire ravageur. Il s'était mis sur son trente et un pour faire sa demande en mariage, et cela serait un des plus beaux jours de ma vie.

Hugues remercia plusieurs fois ma mère durant le repas en la complimentant sur ses talents de cuisinière, et les échanges avec mon père ne furent pas très nombreux mais courtois.

Hugues se racla la gorge qui commençait à brûler comme si un incendie gigantesque s'était manifesté, mais il ne devait pas céder à la panique.

_ Hum ! Madame Genoyer, Monsieur, nous en avons longuement discuté avec Germaine, et nous avons bien pesé le pour et le contre avant de prendre une décision qui nous engagera fortement tous les deux. Aussi, je voudrais solennellement vous demander, madame, monsieur, la main de votre fille. J'avais l'impression que je venais d'annoncer la fin du monde, ou le plus grand tremblement de terre de la région, et je devais avoir les joues flamboyantes (ce qui devait encore être une conséquence de ce gigantesque incendie !).

_ Et vous allez vivre de quoi les tourtereaux ? S'exclama son père sur un ton un tantinet narquois.

_ C'est votre revenu de rémouleur qui fera bouillir la marmite comme on dit ?

_ Vous ne savez peut-être pas mais j'ai mis un petit pécule de côté depuis pas mal de temps et je crois savoir que Germaine a aussi un peu d'argent à elle. D'autre part, j'ai hérité d'une bicoque du côté de mon oncle avec 3 pièces et cela nous conviendrait parfaitement. Nous n'avons pas le goût du luxe non plus ce qui arrangera bien les choses. Il y aura certes quelques travaux de rénovation et il faudra que nous arrangions un peu tout ça à notre goût, mais cela, je m'en charge, je ne suis pas un fainéant votre fille vous le confirmera.

Heureusement, à la fin de ce plaidoyer, sa mère lança sa réplique salvatrice pour nous.

_ Oh moi, du moment que Germaine est heureuse, et ça se voit qu'elle l'est, rien ne me ferait plus plaisir.

Nous sortîmes de table pour prendre le café, et les discussions allèrent bon train. Comme une tradition, son père sortit sa gnôle faîte maison pour trinquer entre hommes, j'avais pris du galon, je m'étais hissé au rang de beau-fils.

Lorsque Germaine me raccompagna ce jour-là sur le chemin, nous avions l'impression d'être à l'aube d'une nouvelle histoire qu'on allait écrire à deux. Rien que nous deux.

Le mariage fut programmé pour le mois de mai, cela pouvait paraître précipité pour mon père comme il l'avait grommelé, mais en même temps le retard que j'avais constaté au début du mois de mars ne nous laissait guère le temps de tergiverser.

Les jours jusqu'au mariage passèrent à une allure folle, nous avions toujours l'impression qu'il restait trop de choses à préparer et que nous ne serions jamais prêts à temps.

La cérémonie fut simple, il n'y avait que très peu d'invités, la stricte famille proche. A la sortie de l'église, nous nous étions tous retrouvés à la maison de la mariée et sa maman nous avait préparé un repas de fête. Puis les mois passèrent vite. Germaine faisait des petits boulots pour arrondir nos fins de mois, et j'avais augmenté mon périmètre ainsi que l'amplitude de mes journées de travail, mais c'était pour la bonne cause.

Ce matin du 21 décembre, l'hiver nous tendait ses bras et mes contractions étaient de plus en plus rapprochées. Le voisin se tenait près depuis le matin pour m'emmener à la clinique la plus proche, ce qui arriva en début d'après-midi.

D'après les avis des personnes qui m'entouraient, le travail avait été rapide et j'avais eu une grossesse « facile ». Cela me faisait rager d'entendre ça tellement j'avais souffert par moment, mais je me disais : « Comment juger lorsque c'est sa première grossesse ? » Sans doute que lors de la prochaine, j'aurai plus de matière à comparer. Pour le moment, je ne devais qu'approuver ce que les gens avaient décrété pour moi, bien malgré moi. Robert était un joli petit poupon, d'après les infirmières, et c'est vrai que les premiers jours avaient été assez calmes. Il n'était pas vorace, mais ne donnait pas sa part aux chiens non plus. Sa prise de poids était douce et régulière. Il dormait la plupart du temps et je l'en remercie encore, tellement j'avais mal dormi durant le dernier mois de grossesse. J'avais l'impression d'avoir un sacré déficit en heures de sommeil.

Quelques mois plus tard, Hugues, rentrant un soir de sa tournée, n'était pas dans son assiette, je le voyais bien, mais il ne disait pas un mot.

_ Tu as eu une rude journée mon chéri ? Veux-tu un bon massage avant d'aller te coucher ?

_ Tu sais je suis un peu inquiet ces temps-ci, je me dis qu'on arrive à joindre les deux bouts mais je vois bien que c'est de plus en plus compliqué. Et puis Robert va grandir, il lui faudra forcément des habits et puis il voudra peut-être faire des études ou même il aura peut-être des frères et sœurs qui viendront le rejoindre et je me dis qu'il faudrait peut-être que je trouve un autre métier.

_ Oh tu sais, nous ne manquons de rien, et puis quand Robert sera à l'école, je pourrai reprendre quelques petits travaux moi aussi, ne te tracasse pas trop mon chéri.

_ En fait aujourd'hui j'ai discuté avec un de mes clients et il en est venu à me dire qu'il cherchait un chauffeur de bus pour le ramassage scolaire et comme j'ai mon permis autocar, depuis que j'ai fait mon service militaire, je me suis dit que ce serait peut-être l'occasion, qu'en penses-tu ?

_ C'est à toi de voir, tu sais très bien que je serai toujours là pour t'épauler dans tes choix.

_ En plus, d'après ce qu'il m'a dit, ce serait rudement mieux payé que ce que je fais aujourd'hui et puis j'aurai droit à des congés aussi et une mutuelle et la retraite. Je sais que c'est un peu tôt de penser à tout ça, mais ça compte quand même, non ?

_ Oui tu as raison, ce serait aussi sans doute moins fatiguant pour toi, et tu n'aurais plus à subir la rigueur du climat en hiver, il doit y avoir un bon chauffage dans un autocar ?

_ Il avait l'air de dire qu'il ne fallait pas trop que je traîne, je pense que demain matin je vais commencer par aller me renseigner, je commencerai ma journée un peu plus tard et je sauterai deux ou trois petits villages, pour ne pas finir trop tard.

_ Allez ! Assez discuté de tout ça, viens t'allonger afin que je te prodigue un massage miraculeux pour ton pauvre dos.

Hugues

Le réveil me parut moins pénible que les jours précédents. J'avais hâte de me renseigner sur ce fabuleux poste qui pourrait bien changer nos vies.

Après plusieurs renseignements et bureaux, j'arrivais finalement vers la bonne personne.

_ Bonjour, je viens voir pour le poste de chauffeur de bus scolaire. J'ai appris votre besoin par l'intermédiaire d'un ami, enfin si c'est bien toujours d'actualité ?
_ Bonjour, monsieur... ?
_ Hugues Poilvet.
_ Asseyez-vous monsieur Poilvet. Je suppose que vous êtes titulaire du permis de conduire pour les bus, sinon vous ne seriez pas là devant moi, demanda-t-il en ricanant ?
_ Oui bien sûr, lui dis-je en sortant en même temps mon permis de conduire que je lui posais sur sa table.

Après avoir échangé un bon moment sur les conditions d'embauche qui étaient même au-delà de ce que j'aurai pu imaginer, nous convenions d'un rendez-vous ultérieur. Je devais avant tout passer une visite médicale d'aptitude, et revenir le voir avec les résultats. Ensuite, nous signerions le contrat qui ne débuterait que dans 2 mois, le temps que le bus revienne de réparation, ce n'était pas encore une pièce de musée, mais ce n'était pas non plus une première jeunesse.

Les jours qui suivirent furent longs et en même temps ça me paraissait un peu court, il fallait que je prévienne tous mes clients qu'ils devraient dorénavant, s'ils souhaitaient que je m'occupe de leurs coutelleries, venir chez moi, car j'allais devenir chauffeur de bus et ne pourrais plus mener de front ce nouveau métier et mes tournées.

En 1970, Germaine tomba enceinte de notre deuxième fils, Franck. La grossesse et l'accouchement s'étaient bien passés, mais les premiers mois furent difficiles, le petit avait eu plusieurs petits problèmes de santé, mais même si ceux-ci n'étaient pas forcément très graves, il n'empêchait que la répétition de tracas devînt assez pénible à supporter. Pas un seul jour ne passait sans que je me félicite d'avoir changé de métier et d'avoir cette mutuelle si précieuse par les temps qui couraient.

En 1974, la grossesse de Germaine prit une autre tournure. Elle avait des douleurs en permanence, souffrait de rétention d'eau quasiment dès le troisième mois et avait eu beaucoup de vomissements, et pas seulement que le matin au lever comme souvent. Même l'accouchement avait été un vrai calvaire, le travail avait duré en tout près de quatorze heures. Nous avions décidé après cela que la famille en resterait là, nous avions trois beaux garçons, et cela n'était quand même pas mal de nos jours, les familles avec un ou deux enfants étaient de plus en plus courantes. Marcel serait donc notre troisième et dernier enfant.

Mais voilà, la vie en avait décidé autrement et alors qu'on ne s'y attendait pas, en 1991, Germaine à 48 ans donna naissance à une petite Martine, au grand bonheur des garçons qui étaient en admiration devant cette petite créature blonde. Le médecin qui avait suivi la grossesse avait été particulièrement attentif, du fait de l'âge de sa patiente, mais aussi en connaissance des deux dernières grossesses. Germaine décida que tout allait bien se passer, car dès le début, elle savait que ce serait différent parce que c'était une fille qu'elle attendait. Elle le savait au plus profond d'elle-même, mais en même temps elle regrettait d'avoir eu ce quatrième enfant. Comme si quelque chose au fond d'elle-même lui disait que c'était la grossesse de trop. Elle n'avait pas peur que cela se passe mal, non, ses craintes étaient juste fondées sur le fait que cela allait chambouler l'ordre établi. Son aîné, Robert, avait déjà 30 ans et de devoir repasser par toutes ces étapes de l'enfance ne lui disait rien qui vaille.

1980 (Robert)

Cela faisait un moment que Robert, attendait son bus. Que se passait-il ? Une grève ? Non, il aurait été informé. Il était perdu dans ses pensées à espérer qu'il n'y ait pas eu d'accident ou d'embouteillage qui rendrait son attente encore plus longue, quand cette petite brunette, avec ses couettes et ses grands yeux marron lui demanda, l'air totalement perdu.

_ Vous êtes là depuis longtemps ? Dites-moi que je n'ai pas raté mon bus !

_ Non je pense qu'il est simplement en retard, du moins je l'espère, sinon je vais rater mon entraînement de rugby ce soir.

_ Super, j'adore le rugby, dans quel club joues-tu ?

Quelque chose d'indéfinissable était en train de se produire à l'intérieur de son être, un mélange de bien-être mélangé à des convulsions internes au niveau du bas-ventre. Une sensation bizarre qu'il ne pouvait pas décrire, mais qui n'était pas étrangère au plaisir soudain de cette rencontre.

_ Balma Olympique. Tu vas voir des matchs parfois ?

_ Non pas vraiment, je n'avais pas l'occasion jusque-là, dit-elle avec un large sourire.

Sylvie sentit ses joues devenir rouges, sans doute même pourpre. Mais qu'est-ce qu'il lui avait pris de dire ça, et puis pourquoi elle avait son palpitant qui battait la chamade d'un coup ? C'est vrai qu'il dégage quelque chose de particulier ce garçon, sa façon de se tenir, de parler le rendait tellement différent des gros nazes qu'elle avait dans son amphi. D'un coup une idée stupide, peut-être pas après tout, lui vint à l'esprit, pourvu que ce bus traine encore un peu.

_ Écoute, samedi on joue à domicile à 14 heures, et rien ne me ferait plus plaisir que de t'avoir comme super fan dans les tribunes, si tu es d'accord bien sûr.

Tu délires là, certes, elle ne te laisse pas indifférent cette petite, mais tu y vas peut-être un peu fort là, tu risques de l'effrayer.
_ Comment tu t'appelles ? Moi c'est Robert.
_ Moi c'est Sylvie. Ok, je viendrai avec plaisir, je ne ferai pas « pom pom girl », dit-elle sur un ton taquin, mais j'espère te porter chance.

Le bus décida enfin d'arriver, et tout naturellement nous nous assîmes côte à côte.

Le trajet était suffisamment long pour qu'on ait eu le temps de se dévoiler un peu plus. Nous parlions de nos goûts musicaux, de films et de livres aussi. Et pour ce qui est de nos parcours scolaires, nous étions dans un village proche durant notre école primaire (à peine 15 kms nous séparaient), malgré cela, nous n'avions pas eu la chance de nous rencontrer avant.

Robert se coucha avec cette rencontre encore toute fraîche dans sa mémoire et se promit de ne rêver qu'à d'autres futurs moments aussi agréables avec Sylvie.

Quelque temps après, Sylvie ne trouvant plus un grand intérêt dans le cursus qu'elle suivait, avait rejoint Robert en première année de psychologie, mais au fond d'elle-même, elle était bien consciente que ce qui l'avait attirée le plus dans ce cursus était de loin le fait d'être plus proche de Robert.

Les années passèrent et tous les deux étaient d'accord sur le fait qu'ils avaient eu ce qu'on appelle un vrai coup de foudre. De ces histoires qui vous transportent sans avoir besoin d'y réfléchir, au fond, les choses se déroulent de la plus simple des manières, l'évidence.

Aussi loin que Marcel pouvait remonter dans ses souvenirs, il avait toujours eu une fascination pour son frère aîné Robert. Il avait une grande différence d'âge et cela faisait qu'il n'évoluait pas dans le même espace-temps. Quand, à 16 ans, Robert avait eu son cyclo, c'est sûr que Marcel rageait dans son coin, mais que pouvait –il espérer à son âge ? Avec son autre frère, Franck, il n'avait que trois ans d'écart, ce qui faisait qu'ils étaient en permanence en train de se chamailler, et cela prenait des tournures de plus en plus viriles avec l'âge, des batailles comme la plupart des fratries connaissent, rien de bien exceptionnel. Avec Robert, c'était autre chose, il ne pouvait pas se l'expliquer, il aurait voulu échanger de place avec son frère, d'ailleurs souvent, il faisait ce rêve dans lequel c'était lui qui avait 13 ans de plus que son frère Robert et il le narguait sans arrêt. Au fur et à mesure qu'il grandissait, les rêves se faisaient de plus en plus fréquents et de plus en plus réalistes, il se réveillait parfois le matin encore tout chamboulé de son expérience nocturne. À bien y réfléchir, il trouvait souvent qu'il était même encore plus narquois que son frère dans cette position et en abusait sans limite chose que Robert ne faisait pas avec autant d'engouement semblait-il. Cela n'estompait pas pour autant cette jalousie féroce qui pointait en lui. Pourtant, Marcel n'était pas une mauvaise personne en soi, au fond de lui souvent, quand il était seul, son cœur était animé par le bien qu'il pouvait répandre autour de lui et c'est sans doute ce qui le poussa à vouloir être infirmier plus tard. Il tenait ça comme une promesse qu'il s'était faite à lui-même, et il entendait bien la respecter.

Ce samedi-là, pour une fois Franck et Marcel avaient décidé d'enterrer la hache de guerre pour s'unir dans leur futur objectif d'espionnage. Ils avaient surpris une discussion marmonnée entre Robert et leur mère au sujet d'une gentille jeune fille qu'il avait rencontrée et qui lui avait promis de venir le voir jouer au stade. Les deux complices complotaient d'aller aux abords du stade pour voir l'heureuse élue. Ils ne pouvaient pas demander à Robert de les emmener, cela aurait été un refus systématique bien entendu, alors ils devraient se débrouiller seuls. Comme leur mère faisait souvent les courses dans le supermarché proche du stade, ils n'auraient qu'à lui demander de venir avec elle, puis d'aller au stade le temps des commissions pour apercevoir leur frère.

_ Maman, tu vas aux courses cet après-midi ? Demanda Franck.

_ Oui, pourquoi ?

_ Est-ce qu'on peut venir avec toi, avec Marcel et puis du temps que tu seras aux courses, nous irons voir Robert au stade une demi-heure, s'il te plaît dis oui ?

_ Qu'est-ce que vous mijotez tous les deux, je ne veux pas que vous importuniez votre frère, votre soudaine entente ne me dit rien qui vaille.

_ Non je t'assure, il ne nous verra même pas, on restera à l'abri des tribunes d'en face, allez s'il te plaît ?

Germaine, n'était pas dupe, leur complicité soudaine venait comme à chaque fois qu'ils complotaient quelque chose et elle était presque certaine que ce coup-ci, les deux chenapans voulaient espionner leur frère, à coup sûr, ils avaient entendu les confidences de Robert dans la cuisine ce matin.

_ C'est d'accord mais je vous préviens, pas plus d'une demi-heure, et je ne veux pas que Robert me dise que vous l'avez importuné, sinon vous aurez droit à un mois de punition, c'est bien clair entre nous ?

_ Oui m'man, répondirent-ils en cœur.

Robert était pensif dans le vestiaire, ça lui valut quelques railleries d'ailleurs, c'est que la victoire était non seulement attendue, mais très importante pour la suite du championnat, et ils avaient tous à cœur de bien faire aujourd'hui donc pas de place aux rêveries, fussent-elles les plus douces. Il n'avait pas vu Sylvie dans les tribunes après l'échauffement et certes il n'était pas encore 14 heures, mais le doute s'était installé après le passage aux vestiaires. Et si elle ne venait pas ? Je ne dois pas penser à ça, ce n'est pas le moment : « Concentré, concentré qu'il a dit le coach ».

N'empêche, je pense que de l'apercevoir en rentrant sur le terrain me donnerait une pêche comme jamais. Lorsque Robert passa à l'angle de la tribune, il jeta un regard rapide et tel un radar, balaya chaque rangée pour être sûr de ne pas la rater. Son cœur s'accéléra d'une manière qu'il n'avait jamais connue auparavant lorsqu'il l'aperçut au troisième rang, presque au milieu de la tribune avec un sourire radieux. Le temps venait de s'arrêter, un immense bonheur venait de le submerger, comme si sa vie n'avait eu aucun sens avant ce moment-là. Il se retrouva soudain sur le terrain, mais ne se rappelait pas avoir marché jusque-là, sans doute, avait-il été transporté par un nuage, c'est du moins la sensation qui lui paraissait la plus probable. Le match en était à sa vingtième minute, lorsque les chenapans arrivèrent au bas de la tribune. Le panneau d'affichage annonçait que les visiteurs menaient au score de 9 points, mais ce qui les intéressait aujourd'hui n'était pas le score du match, ils voulaient apercevoir Robert avec sa petite copine.

_ Tu crois qu'on les verra ensemble ? Demanda Marcel

_ Je n'en sais rien, de toute façon tant qu'il joue sur le terrain on ne saura pas grand-chose.

_ Regarde, Franck, il regarde souvent vers les tribunes, je pense qu'elle doit être quelque part par-là, mais même s'il n'y a pas beaucoup de jeunes filles, ça pourrait-être n'importe laquelle, comment savoir ?

_ Patiente, il faudra bien observer à la mi-temps, lorsqu'il rentrera aux vestiaires, tu regarderas Robert et dès que tu le vois faire un signe, tu me le diras, moi, je regarderai dans les tribunes et j'essayerai de voir qui lui répondra.

Les minutes étaient interminables. Ne voulant pas se faire repérer, ils restaient dans une position qui n'était pas confortable, mi-accroupi sous le premier rang des tribunes en bois.

Finalement, l'homme en noir décida de siffler cette fichue mi-temps, la partie allait se jouer là !

_ Regarde bien Marcel, on ne peut pas se louper ok ?
_ Oui, j'ai compris.

L'équipe locale avait eu le temps de rattraper un peu leur retard et n'était menée plus que de 3 points par les visiteurs.

Les joueurs ruisselants se dirigeaient vers l'angle de la tribune, à l'opposé d'où se planquait le commando de fouines sauvages. Marcel s'aperçut que son grand frère avait un sourire qui grandissait à chaque pas qu'il faisait, puis il fit un petit signe de la main, le signal tant attendu.

_ Franck, maintenant.

Franck avait beau essayer de scruter toute la foule qui s'était regroupée vers l'entrée des vestiaires, il ne vit aucun signe en retour. La frustration était totale. Il serait beaucoup plus difficile d'apercevoir quelque chose au retour, les joueurs faisant dos aux tribunes. Pendant la pause, Franck et Marcel sortirent de leur cachette de fortune pour s'asseoir un peu sur la planche en bois de la première rangée de la tribune sud. Cette petite pause leur ferait du bien. Franck esquissa un sourire, c'était marrant de voir qu'il suffisait qu'ils complotent ensemble pour que les deux frères s'entendent un peu mieux, là où d'habitude ce n'était que chamailleries, disputes voire même des coups quand la tension était à son comble.

Les premiers joueurs commençaient à rejoindre la pelouse, lorsque Robert s'arrêta à l'angle de la première rangée de l'autre côté, les deux fouines firent vite volte-face pour reprendre leur poste d'observation. Franck crut apercevoir une jeune fille avec un pull rouge qui visiblement échangeait quelques mots avec son frère, à moins que ce ne soit cette fille blonde un rang au-dessus avec un pull bleu.

Quel gâchis, toute cette attente pour finalement ne pas trop savoir qui était la jeune copine de Robert, et puis elles étaient encore trop loin pour pouvoir les distinguer.

Le match avait repris et les filles s'étaient remises à leur place. Si c'était le pull rouge, elle serait brune, ou le pull bleu et elle serait blonde. Dans tous les cas, blonde ou brune, elles étaient charmantes d'après Franck.

_ Allez on retourne voir maman, sinon on va se faire disputer, lança Franck à son jeune frère. Sur le chemin du retour, la complicité des fouines s'étant estompée, une dispute éclata et Germaine due hausser le ton pour les calmer, la menace du mois de punition fit sa réapparition.

Nul doute que le coach avait dû leur passer une ronflante dans les vestiaires, car les ambitions des locaux furent toutes autres en cette deuxième période, tant et si bien qu'à la fin du match, les locaux l'emportaient avec 6 points d'avance, 25 à 19. Les mines renfrognées des joueurs avaient fait place à des rires et sourires exagérés. L'essentiel avait été réalisé, ne pas perdre ce match important à domicile.

Un bref échange avait eu lieu entre Robert et Sylvie pour convenir qu'elle l'attendrait, après sa douche, pour aller boire un verre.

Ce jour-là, ils restèrent presque deux heures dans ce bistrot à parler d'eux, chacun leur tour, mais quoi que l'un disait à l'autre, c'était comme si l'autre le savait déjà ou du moins l'avait imaginé comme ça. Peut-on espérer une telle entente parfaite ? Ils étaient faits l'un pour l'autre visiblement et cela ne valait même pas la peine d'en débattre, c'était une telle évidence qu'elle s'imposait d'elle-même.

Les jours heureux succédaient aux moments merveilleux et la vie était un long fleuve tranquille pour les deux tourtereaux. Quand on les voyait tous les deux, leurs regards rivés l'un dans l'autre, on se disait que rien ne pourrait venir interférer avec ce bonheur à l'état pur. Cela leur avait d'ailleurs attiré beaucoup de jalousie dans leur cercle d'amis qui fondait comme neige au soleil, sans que cela ne leur pose aucun problème, encore une fois, c'était une évidence, quiconque essayait de s'en prendre à leur forteresse d'amour n'avait plus sa place dans le royaume de Robert et Sylvie. C'était aussi simple que cela. Seule la jalousie grandissante de Marcel pour son frère avançait à pas feutrés.

1988-1991 Sylvie

Depuis qu'ils s'étaient rencontrés, Robert et Sylvie étaient la personnalisation sur cette terre d'une entente parfaite et de l'amour fou. Ils se complétaient et s'entendaient à merveille. Pour Hugues et Germaine, c'était un soulagement de voir leur fils et belle-fille qui menaient leur vie en toute simplicité, en toute quiétude, rien ne pouvait les perturber tellement ils ne faisaient qu'un.

Tout naturellement, ils s'installèrent ensemble dès qu'ils eurent trouvé un boulot stable tous les deux. Robert avait intégré une cellule de recrutement dans un grand groupe international tandis que Sylvie, elle, à la suite d'un stage dans une boulangerie, avait complètement changé son fusil d'épaule et contre toute attente, elle mit fin à ses études lorsque la patronne lui proposa une place de vendeuse. C'était une belle et grande boulangerie et sa gérante en avait encore une autre aux abords de Toulouse. Elle avait en projet d'en ouvrir une troisième et avait laissé entendre à Sylvie qu'elle avait confiance en son travail et son implication. Elle comptait sur elle pour qu'elle évolue et se forme, pour petit à petit prendre de l'envergure, afin qu'elle puisse lui confier la gérance de la nouvelle boutique. Certes, rien n'était gravé dans le marbre, et cela dépendrait en grande partie de la maturité dont arriverait à faire preuve Sylvie sur le sujet. La gérante avait soupçonné chez Sylvie ce potentiel, et c'est cette confiance manifestée qui pesa dans la balance quand Sylvie décida d'arrêter ses études et de tenter l'aventure. Robert avait été surpris et ils avaient eu quelques longues discussions sur le sujet. Oh, rien qui aurait pu modifier cette harmonie et entente qu'ils avaient, celle-ci était inébranlable, mais Robert trouvait qu'elle avait d'autres talents et qu'elle risquait dans quelque temps, quelques années, de regretter ce choix.

Tout compte fait, ce salaire leur permit de s'installer ensemble plus vite que prévu et c'était une bonne nouvelle pour tous les deux. Une fois sa période d'essai terminée, Robert commença à aborder le sujet d'un bébé, sujet qu'ils avaient repoussé à plus tard et le plus tard était arrivé selon lui. Ils entreprirent donc la quête incessante pour avoir une descendance, ce qui comblait de joie la future grand-mère. Quelle émotion de voir son propre enfant devenir papa et revivre à travers lui, les joies et les émotions qui avaient été les siennes lors de la naissance de ses trois enfants.

Au printemps 1988, Sylvie regagnait la maison avec son premier enfant, Jules. Tout s'était merveilleusement bien passé et ce petit bout de chou était mignon comme tout, d'après les grands-parents. Sylvie s'entendait vraiment très bien avec sa belle-mère. Germaine l'avait accueillie comme sa propre fille, sans doute sachant que Sylvie était orpheline depuis ses 14 ans, lorsqu'elle avait perdu ses parents dans un accident de voiture. Elle avait été confiée à la garde de sa tante. Elle n'avait absolument rien à lui reprocher, mais malgré la bonne éducation et l'attention qu'elle lui avait apportées, elle n'avait jamais comblé le rôle d'une maman. Sylvie avait redouté un peu les premiers contacts avec sa belle-mère, mais elle avait rapidement ressenti cet amour maternel qui lui avait tant manqué et décida de se livrer sans retenue. Petit à petit, la vie avait pris une nouvelle dynamique, avec son cortège de changes, de biberons, de petits dodos et de pleurs. Pour sa seconde grossesse, Sylvie se retrouva rapidement fatiguée et ne comprenait pas que cela ne se passe pas aussi bien que pour Jules. Comme lui expliquait Germaine, elle avait en plus de son rôle de future maman, celui d'une maman à plein temps d'un enfant de deux ans, et cela contribuait grandement à son état de fatigue générale. Comme toujours Sylvie due admettre que sa belle-mère avait raison et aussi qu'elle avait de la chance, comparée à d'autres mamans comme elle, dont les premiers étaient des petits diables sur pattes. Jules était vraiment un gentil petit garçon.

Ce matin-là, Sylvie était tout excitée, Robert avait pu se libérer pour venir assister à son échographie.

_ Voilà, détendez-vous, je vous mets un peu de gel, ça va être un peu froid, dit la gynécologue.

Au bout d'un petit moment, les images défilaient sur l'écran et Sylvie se concentrait sur les moindres réactions de Robert qui y assistait pour la première fois. Celui-ci avait bien du mal à retenir le flot de ses émotions, et ses yeux ne tardèrent pas à devenir très humides.

_ « Voilà son cœur ». Robert avait les yeux écarquillés comme pour entrer dans l'écran pour mieux y voir. Je vais vous faire écouter ses battements. Toc toc , toc toc, toc toc.

Il n'en fallait pas plus pour que les larmes s'échappent des yeux de Robert, qui n'en revenait toujours pas de pouvoir interagir avec son bébé à travers cette machine.

_ Voulez-vous connaître le sexe ? Demanda le docteur.

_ Oui bien sûr, s'empressa de répondre Robert. Puis se retournant vers Sylvie, enfin, je crois que c'est ce qu'on veut, maintenant qu'on a déjà le garçon, on aimerait savoir, hein Sylvie ? Demanda-t-il

_ Oui, s'il vous plaît, enfin est-ce fiable ?

_ Fiable à 100 %, je ne pourrai pas vous le promettre, mais là, nous avons affaire à un petit garçon encore ce coup-ci, ça, je serai prêt à m'engager dessus, regardez voilà son sexe.

Robert écarquillait davantage encore ses grands yeux, mais ne comprenait vraiment pas ce qu'il voyait ou était censé voir ! Chacun son métier se disait-il.

_ Vous avez déjà prévu un prénom ?

_ C'est Jérôme, répondirent-ils en cœur. C'était Jérôme pour un garçon et Géraldine pour une fille se permit d'ajouter Sylvie avec un petit rire enjoué.

Il fallut quelques semaines au couple pour arriver à trouver un nouveau rythme, imposé par la venue d'un bébé dans leur quotidien.

Sylvie avait de la chance de si bien s'entendre avec sa patronne, Monique. Sylvie voulait reprendre l'activité, à temps partiel bien entendu, dès le troisième mois de Jérôme, et Monique qui avait arrêté depuis deux mois toute activité pour se consacrer à la peinture, lui avait dit qu'elle s'adapterait en comblant les heures que Sylvie n'assurerait pas à la boulangerie. C'était vraiment sympa de sa part, cela permettait à Sylvie de jongler entre la boulangerie et la maison. Les quelques heures de garderies seraient assurées par Germaine, qui avait accueilli l'idée avec une très grande joie et Robert s'en occuperait pour les week-ends.

Samedi 21 septembre 1991, c'était l'automne, mais bien plus que cela, aujourd'hui, c'était le premier anniversaire de Jérôme. Sylvie, malgré son état de fatigue et contre l'avis de Robert, avait décoré la table du salon et préparé elle-même un gâteau d'anniversaire. Alors qu'il aurait été bien plus pratique de l'acheter à la boulangerie et de le ramener après son travail, pensait Robert. La fête était prête, Jules trépignait en attendant que son petit frère reçoive ses premiers cadeaux d'anniversaire. Il savait surtout que lui aussi aurait un petit cadeau, histoire de ne pas faire de jalousie. Germaine était venue tôt le matin et comme aujourd'hui Hugues avait sa journée de repos, il était venu avec elle. Depuis leur arrivée, Robert sentait qu'il se passait quelque chose, il n'arrivait pas à savoir si c'était une bonne ou une mauvaise chose, mais ses parents n'étaient pas comme d'habitude. Qu'est-ce qui pouvait bien les tracasser comme ça ? À plusieurs reprises, sans vouloir être insistant tout de même, Robert leur demandait, « ça va ? », et la réponse, absolument pas convaincante, était toujours la même, « oui, pourquoi cette question ? Ça va très bien ». Lorsque Sylvie apporta le café au salon, Germaine après avoir échangé quelques regards interrogateurs à son mari se racla la gorge.

_ Les enfants, nous avons une nouvelle à vous annoncer, dit-elle. Robert se figea net sur sa chaise, il n'avait pas rêvé, il avait bien senti que quelque chose ne tournait pas rond, mais le visage radieux de sa mère le soulagea rapidement, il ne pouvait pas s'agir d'une mauvaise nouvelle.

_ Je suis enceinte, lâcha-t-elle avec émotion.

_ Cela n'était pas du tout prévu bien entendu, papa et moi avons été les plus surpris sur le coup. Mais tout compte fait, c'est quand même une très bonne nouvelle pour nous. C'est vrai que le fait d'avoir pouponné avec Jérôme m'avait rendue nostalgique, et je pense que cela m'a encouragée à accepter la nouvelle comme une bénédiction.

_ Bien, félicitations, alors, lança Robert encore sous le choc. Je vais donc avoir un petit frère ou une petite sœur, alors que mon plus jeune fils fête à peine son premier anniversaire ? Cela me fait drôle quand même !

_ Oui félicitations maman, enchaîna Sylvie en embrassant sa belle-mère, c'est super, Jérôme aura un copain de jeu comme ça, c'est génial.

_ Je suis vite allée voir mon gynécologue cette semaine, car à mon âge je sais que ce sont des grossesses à risque et je voulais avoir son avis aussi avant de prendre une décision. L'accouchement d'après elle serait prévu pour le 25 décembre, à noël, comme s'il avait fallu un symbole de plus pour prendre cette décision.

Cela ne se voyait presque pas, Germaine n'avait pas beaucoup pris de poids, à peine un peu de ventre. Comme elle l'avait décidé, elle avait très bien vécu sa grossesse. Dès le début, elle avait décrété que ce serait une fille, elle le sentait comme au plus profond d'elle-même. La grossesse fut sous haute surveillance, mais Germaine avait été très raisonnable et tout se passa comme sur des roulettes. Lorsque ce matin du 13 décembre, mélangé dans un concert de pleurs aigus, Hugues lui avait annoncé, « c'est une fille », elle n'avait même pas été surprise. Depuis le début, elle le savait. Elle n'avait d'ailleurs recherché que des prénoms féminins et était restée, en accord avec son mari, sur Martine. Franck et Marcel l'avaient bien charriée là-dessus avec leurs réflexions :

« Martine à la plage, Martine part au ski, etc… ».

Mais rien ne lui aurait fait changer d'avis, elle attendait une petite Martine, n'en déplaise à ses deux petits voyous de futurs frères. De toute façon, Franck depuis qu'il fréquentait avec sa Sandrine n'était plus beaucoup à la maison, on aurait pu le comparer à un courant d'air. Ses visites correspondaient invariablement au niveau qu'avait atteint son linge sale. Il ne tarderait sans doute pas à se mettre en ménage, depuis qu'il avait été pris en CDI chez Airbus à Toulouse, après quelques mois d'intérim, sa situation était maintenant toute tracée. Quant à Marcel, lui c'était plus compliqué. Il continuait son cursus pour devenir infirmier et il était toujours un peu renfermé sur lui-même. Il n'avait pour ainsi dire pas d'amis, du moins à ce que l'on en savait, et encore moins de petite copine. Le sujet ne pouvait jamais être abordé de toute façon, il pestait et s'enfermait dans sa chambre chaque fois qu'un de ses frères ou son père le taquinait là-dessus. Ce n'était pas un mauvais garçon et il avait un bon fond, se disait-elle, mais il était si secret, si renfermé que souvent elle se demandait même s'il était heureux au fond de lui. Il y avait comme une profonde tristesse dans son regard et dans sa façon de rester prostré dans son coin. Cela était encore plus flagrant lorsque Robert et Sylvie étaient là, on aurait dit que ces moments-là étaient une souffrance de plus pour Marcel. Pourtant, elle n'avait pas élevé ses enfants différemment, comment se faisait-il que chacun évolue de manière si différente, alors qu'ils étaient issus d'un même père et d'une même mère ? Comment allait grandir sa petite Martine ? Elle avait bien vu avec Jérôme, que les enfants étaient différents, plus éveillés ou bien était-elle dépassée par les évènements ? Trop âgée pour élever un enfant aujourd'hui ? Elle chassa rapidement ses idées comme elles étaient venues.

Marcel (1991-1992)

Ses plus jeunes années, autant qu'il s'en souvienne, furent des années de bonheur, enfin comparé à aujourd'hui bien entendu. Cependant, il avait toujours été jaloux de son grand frère Robert. Tout tournait autour de lui, c'était le grand, celui qu'il fallait écouter, l'exemple à suivre. Il lui arrivait souvent de jouer le rôle d'un tuteur et plus tard presque d'un père. Ç'était de loin ce qui irritait le plus Marcel, quand son grand frère se comportait comme s'il était son père. Et puis son frère s'était amouraché de cette Sylvie, et il passait la plupart de son temps avec elle, filant le parfait amour. Tout ce qui se présentait à lui se passait à merveille. Comment Marcel arriverait-il un jour à faire ne serait-ce qu'aussi bien que lui ? Lui qui n'avait aucune relation extérieure, pas d'amis hormis ceux imaginaires avec qui il débattait en permanence sur presque tout. L'avantage avec ces amis-là, c'est qu'il avait toujours le dernier mot. Aucune discussion, même lorsque ça partait mal, ne tournait à son désavantage. Il arrivait toujours à leur faire admettre que son point de vue était le meilleur. Maintenant, c'était au tour de Franck de fréquenter une jeune femme qui se prénommait Sandrine. Le fait qu'il soit moins dans les parages n'était pas pour lui déplaire, certes, mais encore un qui était pleinement heureux, comme Robert avec sa petite famille et ses deux garçons qui bien sûr monopolisaient l'attention de toute la famille, surtout celle de ses parents. Sa mère ne pouvait s'empêcher de raconter le plaisir qu'elle avait à garder son petit-fils, tellement adorable. Tous ces coups de poignard encore et encore. Il ne supportait plus cette manifestation de tant de bonheur, et sa part à lui, elle était où ? Il ne savait pas comment, mais il fallait que ça change, il faudrait bien un jour qu'ils s'aperçoivent que la vie n'est pas si rose, pas si merveilleuse pour tout le monde. Ce matin à la clinique St-Jean, il y avait une effervescence au bureau des entrées, il reconnut de loin Stéphanie qui gesticulait, faisant de grands mouvements en moulinet avec ses deux bras. Stéphanie était un petit brin de femme quelconque, une madame tout le monde, mais ils avaient eu plusieurs fois l'occasion de discuter ensemble, lors des séances de soin de son fils Patrick. Marcel avait été embauché comme infirmier de jour, il aimait bien ce qu'il faisait, c'était sa bouée de secours, le seul endroit où il n'avait pas l'impression de tout rater. Le courant avec Stéphanie était bien passé dès les premiers contacts et ils aimaient bien discuter ensemble. Pour elle, c'était un moyen de s'évader un peu de cette souffrance de voir jour après jour son petit être qui s'enfonçait de plus en plus vers ce qui serait irréversible, même si elle ne l'admettait pas et croyait toujours à un remède miracle, ou tout simplement à une guérison miraculeuse. Elle n'était pas plus croyante que cela, et sans s'en remettre directement à Dieu, ou à un de ses représentants sur terre, elle se disait que peut-être, malgré qu'elle ne sache pas prier, un beau jour son vœu le plus cher pourrait être exaucé. Je devais faire une prise de sang à Patrick et je savais qu'à ce moment-là, nous aurions l'occasion de discuter. On ne pouvait pas dire que cela me remplissait de joie, mais sans savoir pourquoi je n'avais pas cette crainte ou cette méfiance que je ressentais avec les autres personnes en général. Stéphanie, avec ses 6 ans de plus que moi, était un peu comme une grande sœur. Sans doute que si tel avait été le cas, nous ne nous serions peut-être pas entendus de la sorte, qui sait ? Lorsque quelques minutes après je rentrais dans la chambre de Patrick, Stéphanie était assise sur son fauteuil proche de son fils adoré, elle lui tenait la main.

_ Bonjour Stéphanie, ça va aujourd'hui, lui demandais-je ?

_ Bonjour Marcel, ne m'en parle pas, il a fallu que je hausse le ton avec ces incapables d'agents administratifs. C'est toujours pareil, lorsqu'ils font des erreurs, ce n'est pas de leurs fautes, il faut accepter leur « désolé, on n'a pas fait exprès », mais lorsque c'est vous qui par inadvertance avait fait une bêtise, cela devient de suite le parcours du combattant.

_ Que s'est-il passé ?

_ Sur ma dernière demande de remboursement, je me suis trompée de case à cocher et cela a eu pour conséquence que la mutuelle n'a pas voulu me rembourser. J'ai eu plusieurs échanges avec eux, ce qui n'a pas été une mince affaire, mais ils étaient prêts à me rembourser si je leur faisais parvenir un document correctement rempli, avec l'accord de la clinique bien entendu. Et la godiche de l'entrée ce matin me disait qu'elle ne pouvait pas refaire le document, car il avait été enregistré, et qu'il fallait voir avec sa chef. Je retournerai à l'accueil après le déjeuner quand sa chef sera là. J'espère que je n'aurai pas affaire à une autre potiche, et qu'elle sera compréhensive. Il suffit de réimprimer le document, ce n'est quand même pas sorcier, je pense, non ?

_ Je suppose, oui, enfin ce n'est pas ma partie tu sais.

Pendant cet échange, j'avais fait la prise de sang à Patrick sans même qu'il manifeste quoi que ce soit, j'étais assez doué dans ce domaine.

D'après ce que j'avais entendu par-ci, par-là, Patrick était atteint d'une maladie rare et foudroyante, une sorte de leucémie mais un truc encore plus bizarre et rare. Le médecin en charge du dossier n'avait pas jugé utile le transfert vers l'hôpital de Toulouse ni même celui de Marseille, plus spécialisé, car selon lui, l'espérance de survie n'était pas très longue et il n'y aurait rien que ces établissements ne puissent faire, qui n'avait été fait ici. D'autre part, cela permettait à ses parents de pouvoir rester le plus longtemps possible proche du petit, pour le peu de temps qu'il lui restait à vivre. La clinique ne regardait pas trop lorsqu'il leur arrivait de dépasser les horaires autorisés. J'avais pu voir à quel point et à quelle vitesse Stéphanie avait changé au fil du temps. Ses traits étaient de plus en plus tirés, et une certaine lassitude se voyait dans son regard de plus en plus éteint. Albert, son mari, venait aussi souvent que son travail le lui permettait, mais avait une carapace bien plus hermétique, allez savoir ce qu'il ressentait ce gaillard ? C'était devenu une habitude maintenant, tous les jours nous prenions notre repas ensemble avec Stéphanie, j'avais une pause d'une heure, mais le repas était englouti en quinze minutes grand maximum, cela nous laissait le temps de bavarder de tout et de Patrick, car c'était souvent le sujet principal, il faut bien le reconnaître. Depuis quelque temps, aussi, Stéphanie se laissait aller à parler de l'après. Comment serait sa vie après ? Elle avait du mal à envisager cela, et ne parlait rarement de leur vie, à elle et son mari, mais bien d'elle toute seule. Un jour, alors que nous étions en train de boire notre café, elle prit un ton très grave et m'annonça qu'elle avait envisagé cette nuit, d'ailleurs, elle n'avait quasiment pas fermé l'œil, qu'elle pourrait mettre fin à ses jours. Cette annonce me glaça le sang et je ne pouvais même pas répondre ou enchaîner, que dire après un tel aveu ? Ma gorge resta bloquée un bon moment, c'est elle qui reprit la parole, en me confiant que ce serait sans doute une perte de plus pour Albert, mais vu comment il gérait la douleur pour son fils, il n'aurait, son travail l'aidant, aucun mal à surmonter cette peine-là aussi.

Cette annonce me terrifia, comment réagir, faire face à ce que venait de me confier Stéphanie ? Devrais-je en parler et la trahir ? Garder cela pour moi, il est vrai que cette confidence avait sûrement été faite sous le sceau du secret, je n'avais pas le droit de trahir sa confiance, pas dans l'état ou elle était.

Les jours suivants, elle n'était pas revenue sur le sujet, ce qui n'était pas pour me déplaire, mais je sentais quand même que quelque chose était brisée en elle. C'était comme une sorte de résignation et cela me perturbait, sans doute plus que cela n'aurait dû, mais d'un autre côté, depuis quelques mois, Stéphanie comptait plus que je ne l'aurais imaginé. Ce n'était pas de l'amour, c'est certain, pas de l'amitié non plus, du moins pour l'idée que je m'en faisais. C'était vraiment étrange et je n'arrivais pas avec mes mots et mon vécu à mettre un nom dessus, mais son état, son sort, cette injustice qui la frappait, comme si souvent je l'avais été moi-même, avait une résonnance particulière au fond de moi. Nous venions de finir notre café, et nous étions sur un banc dans le parc par cette belle journée ensoleillée.

_ Stéphanie, je peux te poser une question, mais si c'est trop indiscret, je comprendrais tu sais ?

_ Non vas-y Marcel, tu sais bien que tu peux tout me dire, rien ne venant de toi ne pourrait me blesser ou me choquer.

_ Eh bien, je me disais que tu es jeune et que tu pourrais peut-être envisager d'avoir un autre enfant avec Albert non ? Il n'est pas trop tard pour vous ?

Son regard s'assombrit d'un coup et des larmes pointèrent aux coins de ses yeux. Je regrettais déjà ma question stupide, comment dire à une maman qui s'apprête à perdre son enfant unique, qu'elle peut en faire un autre. Fallait-il être complètement idiot. Je me détestais.

_ En fait, à la suite de mon accouchement, j'ai dû être opérée en urgence. J'ai eu des complications et après cela, le gynécologue m'expliqua qu'il n'avait pas eu d'autre choix pour me sauver la vie, mon pronostic vital avait été engagé pendant quatre jours, que de pratiquer une lourde opération. Je ne pourrai jamais plus avoir d'enfant. Elle s'effondra en finissant sa phrase et blottit sa tête au creux de mon épaule. Je sentais les effluves de son parfum, si doux, si léger. Ma chemise était mouillée, mais ce n'était pas grave. Je caressais lentement ses cheveux et ses sanglots commencèrent à s'arrêter. Ils restèrent là encore quelques minutes, sa respiration devenant de plus en plus régulière et profonde. Je serais bien resté comme ça un moment, j'étais bien, rien n'avait plus d'importance, mais je devais reprendre mon service.

Le lendemain soir, Robert et toute la famille débarquèrent à la maison. Germaine avait préparé un bon repas en l'honneur d'une promotion que venait de recevoir Robert. Pendant tout ce long repas, il n'avait été question que du bonheur éclatant qui berçait cette merveilleuse famille, un travail enrichissant et épanouissant, une femme formidable, des enfants géniaux, un étalage de tant de bonheur que ça en devenait insupportable. Le visage de Stéphanie ancré dans mon épaule refaisait surface et un sentiment d'extrême injustice me montait à la gorge. J'avais envie de hurler, mais ma bouche restait soudée et ma respiration se bloquait de plus en plus, on aurait cru à une crise d'asthme. Je prétextais une journée épouvantable et montais me coucher sans attendre le dessert. J'en avais eu pour mon compte. Cette nuit-là fut particulièrement agitée. Je n'avais pas cessé de repasser en boucle l'extraordinaire injustice qu'il y avait entre mon frère pour qui tout allait pour le mieux dans le meilleur des mondes et cette pauvre Stéphanie qui, une fois son petit parti au royaume des cieux, se foutrait en l'air. Stéphanie allait de moins en moins bien, il ne lui arrivait presque plus de sourire, même si j'essayais souvent de trouver des sujets ou des réflexions qui lui auraient sûrement tirer un rire avant. Fait encore plus étrange, Albert venait de moins en moins ces temps-ci, et on sentait comme une certaine tension entre eux, mais je ne me risquais pas à en parler avec elle. Quelques jours plus tard, c'est Stéphanie qui aborda le sujet.

_ Marcel, tu as dû t'en apercevoir, j'en suis sûre, cela ne va plus du tout entre Albert et moi.

_ J'avais remarqué surtout qu'il ne venait plus aussi souvent qu'avant, mais je me disais que c'était sans doute son travail ?

_ Non, le travail n'a rien à voir là-dedans, encore que je me demande si le fait qu'il s'y jette à corps perdu est une sorte de thérapie, ou bien plutôt une échappatoire ? En fait, il y a quelque temps de ça, je lui ai dit qu'une fois que Patrick ne serait plus là, et ne pouvant plus avoir d'enfant, je ne voyais pas bien à quoi ma vie servirait et que j'avais songé à rejoindre mon fils rapidement.

_ Et alors, il a réagi comment ?

_ Nous nous sommes lancés dans une grosse dispute, comme jamais auparavant, et ce sujet a été un prétexte, je pense, à vider mon sac et le sien aussi d'ailleurs, car il gardait tout enfoui au fond de lui depuis le début.

Après réflexion, je me suis dit : « En même temps, c'était prévisible comme réaction, surtout s'il n'avait pas l'occasion de vider son sac, ou de discuter avec quelqu'un comme nous le faisions depuis des mois avec Stéphanie ». Encore que je me demande si ça lui sert finalement, vu que cela ne lui avait pas empêché d'avoir des idées de suicide.

_ Nous avons eu des mots très durs l'un pour l'autre, et je ne les regrette pas pour ma part. J'ai demandé le divorce. Au moins si pour lui son fils à l'hôpital est une charge, il pourra s'en libérer et aller chercher l'amour ailleurs, puisque ni Patrick ni moi ne remplissons ce domaine. Je ne sais pas si ma réaction est normale, et encore moins la sienne, une fois le mot divorce prononcé, il m'a paru soulagé. À croire que c'est ce qu'il attendait en silence dans son coin. Et je dois dire que de l'avoir dit, cela m'a comme enlevé un poids. Le poids que nous représentions, je pense, mon fils et moi pour Albert.

Je ne savais plus quoi dire, comment enchaîner après une telle révélation ?

_ Je pense sincèrement que c'est le mieux pour tous les deux, en fait j'en suis persuadée. Albert refera sa vie, j'en suis certaine, il est tout de même beau gosse et n'a que 28 ans.

J'avais depuis quelque temps une idée en tête, mais comment le dire. Je n'avais pas réussi jusque-là. Peut-être était-ce le moment, ou trop tard, comment savoir si cela aurait pu sauver son couple ?

_ Vous n'aviez pas envisagé une adoption ?

_ J'avais fait des recherches et m'étais renseignée sur les démarches. C'est plus compliqué qu'il n'y paraît, et cela, malgré le nombre d'enfants qui mériteraient d'avoir un foyer. Les procédures sont longues, complexes et je ne me sentais pas d'attendre des années après le départ de Patrick, cela serait au-dessus de mes forces. J'ai souvent fait un rêve ces derniers temps. J'avais un tout petit enfant, d'un an environ. Je ne m'explique pas comment il se retrouve avec moi dans ma maison, déjà je ne me voyais plus avec Albert, c'était sans doute un signe non, elle esquissa un sourire nerveux. J'avais à peine accompagné Patrick dans sa dernière demeure, que j'avais ce petit bout de chou à m'occuper et cela me comblait de joie, cet enfant, même si ce n'était pas le mien, était un don du ciel, mon passeport pour la vie à nouveau. Mais je dois me rendre à l'évidence, ce n'est qu'un rêve, et tout est permis dans les rêves pas comme dans la vraie vie. Dans mes rêves, Patrick grandit et devient un charmant petit jeune homme, je lui apprends à faire du vélo, je soigne ses bobos lorsqu'il trébuche, puis il va à l'école et la vie est merveilleuse, dans les rêves…

À partir de ce jour-là, une idée abominable était venue me hanter. C'était trop horrible, comment pouvais-je penser ne serait-ce qu'un instant à cela ? Quel homme serais-je devenu, si je réalisais l'impensable ? Quel monstre devrais-je plutôt dire.

Dès que ces idées arrivaient, invariablement le soir au coucher, je les chassais du plus fort que je le pouvais, mais je me sentais de plus en plus faible. Puis une chose bizarre fit son apparition, soudainement, sournoisement. Mes amis me parlaient de plus en plus souvent le soir au coucher, et ils se faisaient de plus en plus convaincants. J'avais beau essayer de leur faire entendre raison comme je l'avais toujours fait, mais rien n'y faisait, ils avaient pris l'ascendant sur moi. C'est vrai qu'ils avaient de sacrés bons arguments, en quelque sorte, je rétablissais une totale injustice, je réparais quelque chose qui n'était plus supportable. Seulement, voilà, il y avait encore plein de problèmes auxquels il fallait répondre. Le premier, et non des moindres était d'organiser le kidnapping d'un enfant d'un an. Les risques étaient énormes, je le savais, mais cela ne comptait pas du tout, le simple fait de sauver la vie de Stéphanie, pesait dans la balance. Et si toutefois cela tournait mal, les conséquences pour moi ne seraient rien, comparé à ce que deviendrait Stéphanie. Le simple fait de l'imaginer gisant dans une mare de sang, les veines grandes ouvertes, me faisait oublier tous les risques que je pouvais encourir. En se préparant bien, en élaborant un bon plan, je pouvais être victorieux de cette étape. La suivante serait de donner l'enfant à Stéphanie. Elle devrait déménager bien entendu, et partir le plus loin possible serait le mieux. Couper les ponts avec tout le monde et ne plus donner de signe de vie ne seraient pas un problème, à la suite de son divorce et à la perte de son fils unique, comment les gens pourraient ne pas comprendre qu'elle aurait pété un plomb et se serait enfuie loin, très loin de ces drames. Reste le problème de l'identité, plus tard, on lui demanderait des papiers, un livret de famille, un acte de naissance, pour cela, il fallait non seulement un plan, mais une aide extérieure. Je suis un bon infirmier, mais pas un faussaire. Il faut y réfléchir, je demanderai de l'aide à mes amis, ils sont de bon conseil en ce moment.

Martine

Germaine avait de la chance d'avoir une si jolie fille. Elle ressentait un peu plus la fatigue maintenant avec Jérôme et Martine à s'occuper, mais c'était une telle bénédiction de les voir tous les deux dans le parc. Qui aurait dit que c'était un petit garçon d'un peu plus d'un an avec sa tante de quelques mois. Cela la faisait sourire de penser qu'un jour, quand il serait plus grand, il la regarderait dans les yeux et lui dirait « tata ». Imaginons qu'ils soient dans la même école, pire dans la même classe. Est-ce que ce genre de situation s'était déjà présenté ? Comme tous les mercredis après-midi, Germaine allait au parc avec sa tribu. Hugues allait chercher Jules à la crèche, et venait avec lui pour le repas du midi. Une fois la table débarrassée, Hugues reprenait le chemin du travail pendant que Germaine préparait les petits, lorsque le temps le permettait bien sûr, pour la balade au parc. Il était à deux pas de la maison et cela se faisait très rapidement même si ce n'était pas toujours évident lorsque Jules décidait de faire son polisson. Elle avait une poussette où se retrouvaient Jérôme et Martine qui lui faisaient face et Jules devait tenir le côté droit de la poussette afin de ne pas être du côté de la route sur le trottoir. Comme il lui arrivait de lâcher précipitamment son point d'attache pour ramasser une feuille ou se rapprocher d'un escargot, ces mouvements aussi brusques qu'imprévisibles faisaient bouillir le sang de Germaine, et elle se sentait rassurée que le petit ne soit pas du côté des voitures. Une fois assise sur le banc devant la balançoire, Jules commençait à jouer, souvent avec les mêmes petits du quartier d'ailleurs, ils avaient leur petite bande. Martine et Jérôme continuaient, eux leur activité favorite, une bonne sieste. Germaine sortait alors un tricot et commençait à enfiler les mailles. Décidément, elle adorait le mercredi après-midi, c'était son meilleur moment à elle, seule assise sur son banc avec sa fille et ses deux petits-fils, la vie était douce, un long fleuve tranquille.

Franck

Cela faisait plus d'un an qu'il n'avait pas réussi à vendre une toile. Sa production était réduite au strict minimum, et en plus son inspiration n'était pas là. Il y a quelques années de ça, il avait cette force en lui, cette inspiration qui le faisait toujours aller de l'avant. Il avait souvent des idées pour une prochaine toile alors qu'il n'avait pas encore fini celle sur laquelle il était. Ce n'était pas un grand artiste, loin de là, mais il gagnait néanmoins sa vie correctement. Il était en contact avec quatre galeries qui lui achetaient souvent des toiles, il lui arrivait même d'avoir des commandes. C'est ce qu'il redoutait le plus, même si les recettes au bout étaient excitantes, cela lui mettait une sorte de pression qu'il ne supportait absolument pas. Du coup, il lui était arrivé plusieurs fois de ne pas livrer à temps, et il avait même failli ne pas être payé une fois par une galerie de Paris qui s'impatientait de recevoir les tableaux commandés. C'était le plus souvent des copies commandées par des propriétaires d'originaux, qui ne voulaient pas exposer leurs œuvres dans leurs maisons secondaires. Les risques de cambriolages étant trop élevés. C'était une chouette période, hormis le stress que cette commande lui avait donné, il avait vendu quelques-unes de ses créations et avait lié des liens avec une cliente de la galerie, Sandrine, dont il était rapidement tombé follement amoureux. Elle se laissa courtiser pendant de longs mois, soufflant tantôt le chaud et tantôt le froid, mais Franck prenait ça comme un jeu ayant pour but d'attiser sa convoitise. Il n'avait d'yeux que pour elle, et ses déplacements vers Paris se faisaient de plus en plus fréquents. Une fois, il décida qu'il devait provoquer un peu les choses et il organisa sa montée à Paris avec en prime une soirée en bateaux-mouches. Cela serait follement romantique et devrait accélérer un peu les choses. Il n'avait pas voulu brûler les étapes, mais il commençait à trouver le temps un peu long. Il avait fait preuve de retenue et de galanterie. Il avait été patient, très patient, mais en même temps il devait bien l'être s'il ne voulait pas tout faire capoter par brusquerie. Il était loin d'être expérimenté dans ce domaine et ne voulait surtout pas que son impatience puisse avoir des effets rédhibitoires. Il descendait toujours au même hôtel, rue François premier dans le 8e, juste à côté de l'embarcadère. Ce n'était pas un guet-apens, c'était juste que d'avoir souvent vu l'embarcadère, il avait programmé qu'un jour, il l'emmènerait pour une soirée des plus romantique. Même s'il n'était pas un expert en relation amoureuse, il était quasi certain qu'il ne la laissait pas indifférente. Il lui semblait tout de même que le temps était venu de se rapprocher un peu. Une fois arrivé sur place, il discuta un bon moment avec le galeriste sur les deux tableaux qu'il avait emmenés avec lui. Lorsqu'il aperçut Sandrine qui passait le seuil de la porte, son cœur s'était mis à battre la chamade et il expédia bien malgré lui la discussion interminable qu'il avait sur un sujet qui ne le passionnait vraiment plus, « sa possibilité dans un futur proche de faire son autoportrait ». Ayant pris congé, il se précipita vers Sandrine. Elle était ravissante dans une robe bleu roi qui lui arrivait à mi-cuisse. Ses chaussures à petits talons étaient sublimes et étaient bien assorties avec cette robe. Ils échangèrent quelques nouvelles depuis la dernière fois, puis Franck lui annonça qu'il avait une surprise. Cela avait excité la curiosité de Sandrine qui se trémoussait en essayant de lui tirer les vers du nez. Ce petit jeu amusa follement Franck, et il la laissa sur le grill pendant un petit moment, jusqu'à ce qu'il sente qu'elle commençait à changer d'expression.

_ En fait je nous ai réservé une soirée sur les bateaux-Mouches.

Sandrine se figea presque sur place, et son visage s'assombrit quelque peu.

_ Mais quand ça, demanda-t-elle ?

_ Eh bien, là pour dans pas longtemps. Soudain, la mine que prit Sandrine ne lui dit rien qui vaille.

_ C'est que. Bafouillât-elle. Je ne peux pas rester ce soir, j'ai d'autres engagements. Puis sur un ton réprobateur. Mais pourquoi tu ne m'en as pas parlé au téléphone, j'aurai pu m'arranger ?

_ C'est vrai, je n'avais pas pensé à ça, je suis désolé mais comme je voulais te surprendre, enfin c'était censé être une surprise donc comprends-tu ?

_ Oui je vois ça, je suis tellement navrée, c'est tellement mignon et romantique, je regrette vraiment. Mais je ne vais pas pouvoir reporter ma soirée, figure-toi que je vais manger chez une amie qui vient de perdre sa maman, je ne peux pas du tout lui faire faux bon au dernier moment, c'est tellement dommage.

_ Ça ne fait rien, c'est ma faute j'aurai dû te le dire au téléphone c'est vrai. Je vais voir si je peux les repousser pour une autre soirée.

_ Oh, c'est tellement chou. Elle s'approcha et prit ma joue dans sa main, comme une caresse sensuelle et me déposa un baiser, à la limite de mes lèvres. Mon sang s'était soudain mis à bouillir. J'aurais voulu que le temps s'arrête à cet instant précis. Mieux encore, revivre cet instant en boucle indéfiniment. L'extase à l'état pur. Plus de soucis, plus de toiles à finir, juste ce baiser si tendre, si doux, si prometteur et vivre éternellement en rêvant à ce que serait la suite de ce premier acte.

Je n'arrivais bien évidemment pas à échanger ou repousser mes billets, et j'avais beau leur expliquer de toutes les manières, la réponse était toujours la même, avec un si court préavis ce n'était pas possible. Comme je regagnais ma chambre d'hôtel, l'air triste et perdu dans mes pensées les plus noires, je faillis ne pas apercevoir ce couple qui se dévorait des yeux. Visiblement, eux, ils allaient avoir une soirée inoubliable. Je me précipitais vers eux et leur demandais s'ils avaient déjà pris leurs billets. Heureusement, non, je leur proposais les miens à moitié prix, cela rendrait encore un peu plus leur soirée inoubliable.

Sandrine m'avait appelé plus souvent que d'habitude, suite à cette soirée désastreuse. Et m'avait même proposé que l'on se voie à Toulouse, où elle devait se rendre pour un séminaire. Elle était expert-comptable dans un grand cabinet de renom à Paris. Le soir venu, je devais donc la rejoindre à son hôtel pour 18 heures. J'étais au comptoir du bar de l'hôtel et j'attendais du coin de l'œil, impatient de la voir enfin. Cela faisait presqu'un mois depuis notre soirée manquée que l'on ne s'était pas vus. Elle arriva d'un pas décidé droit sur moi, et nous nous embrassâmes tendrement, pas les mêmes bisous qu'habituellement, j'y voyais quelque chose de plus chaleureux, de plus intime.

_ Tu es ravissante, qu'est-ce que je te commande à boire ?

_ Je vois que tu ne m'as pas attendu, ricana-t-elle en voyant mon verre de panaché presque vide.

_ J'avoue, j'avais vraiment très soif et je ne savais pas à quelle heure, tu aurais fini ton travail. Dis-je sur un ton d'excuse, un peu honteux d'avoir été pris en flagrant délit de soif profonde.

_ Un Martini on the rocks s'il te plaît.

Je décidais de l'accompagner ce coup-ci et en commandais deux et nous nous installâmes sur une table un peu plus en retrait du passage.

Au bout d'un moment, nous prîmes place au restaurant. Le menu du jour, Filet de limande au beurre noir accompagné de riz pilaf nous allait parfaitement, j'en profitais pour commander un Gaillac blanc sec qui saurait très bien accompagner ces pauvres filets.

Au fur et à mesure du repas, ou bien était-ce au fur et à mesure que le Gaillac se vidait, Sandrine était de plus en plus joyeuse, mais je dirais aussi coquine, elle faisait des allusions, des petits sourires en coin et m'attrapait souvent la main lorsqu'elle se mettait à rire comme pour accentuer la chose. Ces contacts charnels n'étaient pas pour me déplaire bien entendus.

Nous repartîmes à la même table que précédemment pour prendre notre café, à la demande du garçon du restaurant. Nul doute que celui-ci ne voulait pas qu'on joue les prolongations. Nous étions entrés dans les premiers, pour sortir en dernier, et encore sur son insistance, nous intimant l'idée que nous serions mieux dans le salon pour prendre notre café.

L'ambiance était vraiment feutrée et assez romantique depuis que le barman avait envoyé une musique douce et sensuelle et qu'il avait joué aussi sur le tamisage de la lumière qui tirait sur les couleurs violettes de notre côté. Les reflets violets sur les cheveux de Sandrine la rendaient tellement désirable. Nous étions assis côte à côte sur la banquette en velours, j'avais prétexté que je serai mieux assis que sur le fauteuil qui commençait à dater un peu. Cette proximité me rendait fébrile comme un jeune communiant, mais j'adorais ce moment et cette sensation d'être au seul endroit où je voulais me trouver en ce moment. Sans que je m'en rende compte, Sandrine pivota sur elle-même et m'embrassa tendrement en nouant tendrement ses mains derrière mon cou. La troisième guerre mondiale pouvait éclater, plus rien n'avait d'importance. Ce baiser tendre devint petit à petit de plus en plus langoureux. Je n'avais jamais imaginé qu'un cœur puisse battre aussi fort, j'avais l'impression que le barman pouvait l'entendre du fond de son comptoir, et puis quand bien même, j'étais follement heureux, et cela ne me gênait en rien si le barman de cet hôtel en était le témoin. Peu après d'un commun accord, nous nous dirigions vers sa chambre, pour ce qui allait être une nuit torride. Je ne me rappelle pas avoir fermé l'œil cette nuit-là, j'avais trop peur que ces moments voluptueux ne manquent à mes souvenirs le lendemain. Sandrine avait un peu piqué du nez vers les 4 heures du matin, et j'étais resté presque une heure à la regarder dormir. Qu'elle était belle. Ma respiration s'était calée avec la sienne, j'avais l'impression de ne faire qu'un avec elle, et s'était bien ce qui me ferait le plus plaisir. Comme deux collégiens pas totalement rassasiés, nous avons encore fait, une dernière fois, l'amour sous la douche. Ce n'est qu'une fois assis dans la salle du petit-déjeuner que je pris conscience que je n'avais pas dormi de la nuit et que je devais avoir une salle mine. Et alors ? Sandrine repartit le jour même pour Paris, tandis que moi, j'avais passé la journée à me remémorer chaque instant de cette journée sans pouvoir toucher à mes pinceaux, comme s'ils risquaient d'effacer mes souvenirs. Le mois suivant, je remontais sur Paris et avais planifié ce coup-ci la soirée bateaux-Mouches, enfin. Ce fut une soirée magique, nous avions des étoiles plein les yeux. Le repas aux chandelles, le champagne, la musique douce, tout était là pour en faire la soirée inoubliable. La nuit se termina dans mon hôtel, une folle nuit d'amour comme j'en avais rêvé depuis notre dernière rencontre. Quelque temps plus tard, Sandrine m'annonça quelle était en contact avec un cabinet de Toulouse, contact qu'elle avait noué lors de son séminaire en aparté, pour un contrat d'embauche et qu'elle envisageait de descendre dans le sud. La vie parisienne s'avérait de plus en plus contraignante, et puis les séparations lui devenaient, à elle aussi insupportables. Tout se précipita, anticipant la venue prochaine de Sandrine, je me mis à la recherche d'un petit appartement qui deviendrait notre nid douillet. Grâce à une de mes connaissances, le bouche à oreille étant le meilleur vecteur des bonnes affaires, je dégotais un joli petit appartement, dernier étage, au 44 rue Léon

Gambetta dans le centre de Toulouse. Il y avait un balcon et j'avais une pièce que je pouvais consacrer à mon art. Sandrine pourrait même se rendre à son travail à pied, enfin si elle voulait, de toute façon sa vie allait totalement changer, rien à voir avec l'effervescence parisienne, ici, c'était la qualité de vie du sud de la France.

Sandrine (février-1991)

L'hiver était bien là, une vague de froid s'était abattue sur la France depuis le début du mois de février, en provenance de Sibérie. Ce serait bientôt le printemps, avec le retour des jours meilleurs et des températures plus clémentes, puis l'anniversaire de Jérôme aussi. Jules était rentré à la maternelle en septembre dernier et était toujours aussi mignon. Il parlait bien pour son âge, puis beaucoup aussi, un vrai moulin à paroles. Il reprenait souvent des expressions de son grand-père, cela faisait rire tout le monde, et cela le ravissait de voir son pouvoir de séduction sur les grandes personnes. Germaine se languissait que les températures se radoucissent afin de pouvoir retourner au parc les mercredis après-midi, cela commençait à lui manquer, et puis ça ferait du bien aux petits aussi. Bien couverts, ils ne risqueraient rien. Martine avait eu ses premières petites dents de lait, on aurait dit un petit lapin de bande dessinée dès qu'elle faisait un sourire. Elle demandait un maximum d'attention, elle ne s'éloignait jamais bien loin de sa mère, sinon on avait droit à une crise de pleurs aussi stridents qu'une sirène d'alarme. Germaine l'avait tout le temps dans ses pattes, cela devenait fatigant. Elle se disait que c'était comme ça les petites filles, à moins que ce soit cette différence d'âge qui fasse qu'elle n'était plus dans le coup et qu'elle s'y prenait mal ? Elle n'avait pas ce problème avec Jérôme, mais en même temps, c'était son petit-fils, ce n'était pas la même chose.

Franck et Sandrine vivaient maintenant à Toulouse depuis quelques mois. Franck travaillait pour une galerie de Nice, une commande qu'il avait eue par l'intermédiaire d'un de leurs riches clients. Il n'était pas trop en avance, comme à son habitude, du coup il passait beaucoup d'heures sur ses œuvres et souvent jusque très tard dans la nuit. Sandrine avait pris l'habitude de sortir de plus en plus souvent, car elle s'ennuyait le soir lorsque Franck restait enfermé dans la pièce, sa pièce qui lui servait d'atelier. Comme elle l'avait expliqué à Franck, plutôt que de rester à s'abrutir seule devant la télé, elle préférait voir ses amies et rigoler un bon coup, la vie n'était-elle pas faite pour s'amuser ? Mais rapidement, les rigolades entres amies ne furent pas plus excitantes que cela. Dans les bistrots où elles avaient leurs habitudes, il y avait souvent des jeunes en bande qui rigolaient et profitaient de la vie à pleines dents. Sandrine s'aperçut très vite qu'elle avait souvent la cote auprès des jeunes gens, plus souvent que ses amies en tout cas, et cela n'était pas pour lui déplaire. Une sorte de jeu, beaucoup plus excitant se mit en place, elle repérait assez facilement sa proie en début de soirée, et passait le reste du temps à l'aguicher et lui faire toutes sortes d'œillades très sensuelles. Au début, cela avait bien fait rire ses copines aussi, mais au fur et à mesure que les jeux se répétaient, elles commencèrent à ne plus trop trouver cela drôle, et commençaient à lui reprocher de ne pas faire partie de la bande, de se mettre à l'écart. Il y eu un long passage où Sandrine était prise entre deux feux. Continuer à jouer de ses charmes et de se délecter des effets ravageurs que ceux-ci avaient sur la gente masculine ou se recentrer sur les papotages et autres commérages de son clan d'amies. Un soir, la rudesse de l'hiver n'avait pas épargné le petit groupe d'amies et Sandrine se retrouvait seule. Elle avait décidé de sortir quand même, ce n'est pas parce que ses copines étaient des petites natures et avaient chopé un rhume carabiné, qu'elle allait passer sa soirée à la maison devant son écran de télé. Elle s'était installée dans un coin du bistrot, une table pour deux, qu'elle ne prenait jamais d'habitude, vu le nombre qu'elles étaient. Cela la rapprochait de la bande de jeunes qui se tenait au comptoir, et faciliterait grandement son rôle de charmeuse professionnelle. Il y avait un jeune d'une vingtaine d'années qui lui faisait face et qui la fixait depuis un moment. Elle lui souriait gentiment puis faisait mine de détourner le regard, mais revenait vite en le fixant, avec un petit sourire coquin en coin. Elle s'appliquait aussi à tremper ses lèvres dans son verre de martini avec une telle sensualité tout en regardant du coin de l'œil s'il n'en avait pas raté une miette. Au bout d'une demi-heure de ce petit jeu du chat et de la souris, il s'approcha de la table.

_ Bonsoir, tu es seule ? Sans attendre sa réponse, il enchaîna, tu veux te joindre à nous ?

_ Bonsoir, dit-elle de sa voix la plus suave possible. C'est gentil, mais je ne préfère pas.

_ Et moi, puis-je me joindre à toi ? Tenta-t-il l'air un peu embarrassé.

_ Assied-toi, si tu veux.

_ Tu reprends un verre ?

_ Un martini glace, s'il te plaît.

Luc s'absenta deux minutes pour aller passer commande au comptoir, ses camarades avaient dû le chambrer, car il arrivait à la table rouge comme un coquelicot.

_ J'ai commandé, il nous apportera ça à table tout à l'heure, je m'appelle Luc et toi c'est comment ?

_ Pascale, dit Sandrine. Elle ne comprenait pas réellement pourquoi dans un réflexe, elle avait donné le prénom d'une de ses amies.

Ils restèrent assis là face à face une bonne heure à faire plus ample connaissance. Sandrine le trouvait intéressant, enfin beaucoup plus sexy qu'intéressant, elle se sentait tout émoustillée et commençait à s'imaginer dans ses bras, puis rapidement dans son lit. Elle avait de plus en plus de mal à se concentrer sur la discussion, ses fantasmes se faisaient de plus en plus prenants et ardents dans sa tête. Son envie de lui sauter dessus ne cessait de grandir au fur et à mesure qu'elle voyait ses lèvres s'agiter. Lèvres qu'elle désirait goûter, croquer et sentir se balader sur son corps nu et chaud comme des braises.

_ On bouge de là, ça te dit lui dit-elle avec une roulade d'œil complice.

_ Oui, bien sûr, comme tu veux. Luc alla payer les consommations au comptoir et expliquer à ses potes qu'il avait un rencard pour ce soir, que ce ne serait pas la peine de l'attendre. Leurs regards complices trahissaient leur envie d'être à la place de Luc pour cette fin de soirée, Sandrine avait l'air de passer le concours de miss France, elle subissait un scanner en règle. La fraîcheur à l'extérieur tranchait fortement avec l'atmosphère surchauffée du bistrot et il leur fallut un moment pour s'acclimater à nouveau à ces températures de début de soirée. Après un échange à la sortie du bar, Sandrine lui ayant expliqué que chez elle ce n'était pas possible, ils décidèrent d'aller dans la chambre de Luc. Il vivait en colocation avec ses trois autres potes dans un bas de villa et il avait négocié avec eux de prendre la plus grande chambre pour ce soir. Ils auraient dû en avoir pour un petit quart d'heure de marche seulement, mais les arrêts successifs pour des baisers langoureux et du pelotage en règle, leur avaient pris pas mal de temps. Une fois arrivés à la villa, ils se dirigèrent vers la grande chambre. Ils continuèrent un moment à se caresser et s'embrasser sans se déshabiller, le temps que leurs corps glacés reprennent quelques degrés bien appréciables. Ils firent l'amour comme deux jeunes collégiens, comme si demain n'existait pas. Sandrine prit un plaisir fou et c'est avec peine qu'elle commençait à se rhabiller doucement, tandis que Luc sombrait dans un demi-coma.

_ Tu t'en vas ? Tu ne veux pas rester, cela me ferait plaisir, allez, reste toute la nuit et demain je t'apporte un méga petit déjeuner au lit, tu veux, hein ?

_ Tu es mignon mais je ne peux pas rester plus longtemps, je dois rentrer.

_ On se revoit demain ?

_ Je ne sais pas trop, si je peux, on verra bien de toute façon je sais où te trouver non ?

_Oui, en principe, on s'y retrouve vers 19 heures avec mes potes.

_ Ok, je ne te promets rien ni pour demain ni après, tu me verras bien arriver un jour ou l'autre dit-elle en ricanant.

_ Non, Pascale, tu ne peux pas me faire ça, c'est une torture, dis-moi qu'on se voit demain ?

Un temps surpris de se faire appeler Pascale, elle ne lui répondit pas et lui posa un bisou sur le coin des lèvres et s'en alla comme un courant d'air. Sandrine passa le pas de la porte vers 23 heures 30 et se précipita sous la douche. Franck était encore dans son atelier et n'avait même pas entendu Sandrine rentrer. Elle alla se coucher dans la foulée, encore pleine des images torrides de son escapade avec Luc. Lorsque Frank vint enfin la rejoindre, alors que Sandrine dormait depuis un petit moment, il lui caressa la cuisse et se blottit contre elle. Elle lui grommela juste dans un demi-sommeil qu'elle était fatiguée et se rendormit presque aussitôt, afin de rejoindre Luc dans ses rêves au plus vite. Pascale et Luc se sont revus tous les soirs cette semaine-là, mais lorsque la semaine suivante les copines étaient de nouveau sur pieds, Sandrine et sa tribu allèrent dans un autre bistrot, elles avaient du temps à rattraper. Chacune son tour racontait un peu sa semaine, mais cela n'était guère captivant. À la fin de la soirée, on aurait pu écrire un petit guide « comment s'occuper à la maison avec un rhume carabiné ». Sandrine décida de ne pas parler de son aventure, elle préférait ne pas avoir à s'expliquer sur son attitude, ne pas se justifier auprès de ses amies. Le mercredi suivant, Sandrine leur annonçât qu'elle ne sortirait pas ce soir-là, elle n'était pas en forme soi-disant. En fait, elle profitait de cette escapade pour rejoindre Luc dans son quartier général. Arrivée sur place, Luc se jeta sur elle, il avait l'air furieux. Elle se prit un savon parce qu'il n'avait pas eu de nouvelles et qu'elle n'avait pas été sympa, elle ne disait rien et dû encaisser pendant un bon moment la multitude de reproches que Luc avait à son encontre. Elle ne voulait surtout pas que cet écart au contrat ne lui porte préjudice, il n'était pas question de mettre en péril son mariage, mais au fond, c'est sans doute pour cela qu'elle avait dit qu'elle se prénommait Pascale lors de leur rencontre ? Essayant d'apaiser un peu les charges qui pesaient sur elle, elle lui annonça qu'elle était mariée, et que ce n'avait pas été aussi simple que cela de se libérer sans que son mari n'ait des soupçons. Luc paru calmé net et un sentiment de fierté venait de couvrir son visage. Une femme mariée, respectable avait jeté son dévolu sur lui, ce petit étudiant de 20 ans. Il envisageait déjà comment il allait pouvoir frimer sur le campus en annonçant cela à ses potes, il se tapait une femme mariée, cool. La soirée se terminait en beauté, ils firent l'amour à plusieurs reprises et Luc était sur un nuage, Sandrine, elle, avait eu plus de mal avec cette espèce de scène de ménage de début de soirée. Elle avait du mal à digérer qu'un inconnu se permette de lui faire une scène, c'était quoi ce délire. Le seul qui en aurait pleinement le droit, ce serait Franck, non ? Elle avait encore du mal avec ça et cette idée l'avait hanté toute la fin de semaine. Le lundi d'après, alors qu'elle était chez un client, elle subit une cour assidue toute la journée par un jeune homme du service comptabilité. Il était grand, élancé et vraiment très mignon, il devait avoir son âge et était marié à en croire l'alliance qu'il portait. Sandrine faisait mine d'entendre sans trop écouter, mais avait accroché un petit sourire qui laisser supposer qu'elle n'était pas insensible au baratin. Enfin, elle finit par lui dire qu'elle été mariée, que lui aussi apparemment et qu'en aucun cas, il ne pourrait y avoir quelque chose entre eux. Ce à quoi il lui rétorqua qu'il n'était pas jaloux, en pouffant de rire. Sandrine et lui partirent ensemble dans un fou rire de bon cœur. C'était le début d'une descente aux enfers. Sandrine prenait de plus en plus goût au fait d'être désirée, par d'autres hommes. Des étrangers, des inconnus, mais avec qui elle pouvait vraiment se lâcher et être en symbiose avec les plus profondes de ses envies. Laisser libre cours à son imagination, à ses fantasmes les plus chers. Au fil du temps, Franck s'enfonçait petit à petit dans une sorte de dépression que tout le monde mettait sur le compte de son métier et de ses difficultés à sortir des toiles salvatrices. Sandrine sombrait elle de plus en plus dans une vie de débauche à l'extérieur de chez elle, mais passait aussi de moins en moins de temps à la maison. Les gens ne le savaient pas trop sinon ils auraient peut-être compris que la déprime de Franck n'était pas que professionnelle. Leur couple malgré tout se maintenait au fil de l'eau. Cela ressemblait plus à de la colocation qu'à un couple marié. Il leur arrivait si peu souvent de faire l'amour, à croire que Sandrine se pliait à son devoir conjugal quand elle sentait que Franck était à bout. Elle avait en quelque sorte appris à détecter les quelques signaux d'alarme précurseurs d'une crise de ménage et désarmait cela aussitôt par une séance de jambes en l'air, aussi rapide qu'insignifiante pour elle. Cela redonnait généralement un coup de fouet à Franck pendant un certain temps.

Ce matin-là (janvier-1992)

Germaine décida d'aller au parc malgré le froid glacial. Comme il ne faisait pas un brin de vent, le soleil était si brillant dans ce ciel sans nuages, elle se dit qu'en plein soleil sur son banc, il ferait quand même bon, ce serait supportable. Et puis cela ferait du bien aux petits de prendre cet air vif et frais. Elle avait bien emmitouflé Martine et Jérôme, quant à Jules, elle lui avait mis sa parka bleue fourrée, son bonnet et ses gants de laine. On distinguait à peine les yeux de Jérôme qui dépassaient tout juste de son bonnet chiné jaune et blanc. Tout le reste était sous un énorme plaid en polaire rose, tant pis si c'était glauque pour un garçon, mais comme il partageait la poussette avec Martine, il n'avait pas le choix. Il n'existait pas encore que je sache de polaire avec deux tons, moitié bleue et moitié rose.

J'avais garé la voiture juste derrière l'entrée, et bien caché par cet arbuste fourni, j'attendais le bon moment tel un rapace qui fond sur sa proie. La partie glissante du toboggan était en fer, et j'avais pris soin de bien la badigeonner du produit lubrifiant, le soleil qui tapait dessus était éblouissant. Il faisait une belle journée ensoleillée malgré cette froideur dehors. Chaque expiration libérait un tonnerre de fumée blanchâtre et les lèvres humides commençaient à craqueler. J'avais trouvé là un bon poste d'observation et les personnes dans le parc ne pouvaient pas m'apercevoir. Mon champ de vision était compliqué, tant le feuillage était épais, mais comme il n'y avait pas de vent, une fois trouvé un bon angle de vue, il me suffisait de ne plus bouger. Cela n'était toutefois pas si évident, car le froid était quand même intense, du coup, je modifiais souvent ma position, gardant toujours un œil sur le toboggan et le banc. Le petit ne tarderait pas à vouloir faire des glissades, c'était de loin une de ses distractions favorites. Délaissant la balançoire, il se dirigea en courant vers les marches qu'il commençait à gravir, le sourire rivé aux lèvres. Arrivé en haut, il s'assit et fit un signe de la main à sa mamie qui tricotait bien gentiment sur son banc. Puis ce fut la descente à toute vitesse, son pantalon en velours ainsi que la lubrification que j'avais pratiquée, augmenta grandement sa vitesse, ce qui eut pour effet de le faire atterrir assez loin et sur le dos. À peine s'était-il retrouvé ainsi les quatre fers en l'air qu'il se mit à brailler tout ce qu'il savait. Germaine jeta vite fait son ouvrage sur la polaire et se précipita vers Jules. Elle s'assura qu'il n'avait rien de cassé, son cœur battait très fort, elle avait baissé les yeux sur son tricot dès le petit signe rendu à son petit-fils, signal de départ de sa chute. Germaine commençait par frotter le sable qu'il avait sur le bonnet, les gants, mais aussi sur le bas de son pantalon. Elle l'attira vers elle et commença à le consoler et Jules s'apaisa rapidement. Elle s'assura que tout allait bien et lui conseilla de faire plutôt du tourniquet ou de la balançoire, mais qu'il fasse attention, elle lui déposa un bisou sur ses petites joues glaciales et le vit partir vers le tourniquet. Elle pouvait regagner son banc et reprendre son ouvrage. Elle s'assura d'un regard rapide que Martine n'avait pas quitté les bras de Morphée, quant à Jérôme, il avait glissé sous la polaire, on ne voyait que le haut du bonnet... Son cœur s'arrêta net alors qu'elle tirait avec effroi la polaire Jérôme n'était plus là, ce n'était pas possible, ses yeux étaient rivés sur le bonnet qui entourait une balle afin de lui donner une forme. Elle avait du mal à respirer, à penser. Elle comprit qu'elle ne pouvait pas rester paralysée ainsi sans bouger, elle se mit à crier d'un cri rauque, on aurait dit le râle d'une bête sauvage ! Il n'y avait pas grand monde, mais une dame qui traversait le parc à ce moment-là se précipita sur elle.

_Que se passe-t-il ?

Germaine n'arrivait pas à parler tellement elle était submergée par ses pleurs. Elle hoquetait sans arriver à se calmer, ni à dire quoi que ce soit. Mais devant la scène, cette poussette à deux places avec un seul enfant et la polaire repliée sur la petite, la dame comprit la situation.

_ On vous enlevé un bébé, c'est ça, questionna-t-elle ?

Sans arriver à sortir le moindre mot, Germaine hocha la tête en signe d'affirmation.

La dame se précipita hors du Parc et commençait à haranguer les passants en leur disant qu'on venait d'enlever un petit dans le parc. Elle leur demandait de regarder autour d'eux si quelque chose ne les avait pas interpellés ? Elle aperçut au loin un agent de police et se mit à sprinter jusqu'à lui. Elle avait du mal à reprendre son souffle, mais avait quand même réussi à lui dire l'essentiel, il venait d'y avoir un enlèvement dans le parc un peu plus bas. Il quittait son poste et se dirigeait vers le parc tout en appelant sur son poste radio en indiquant ce qu'il venait d'apprendre. Germaine avait récupéré Jules qui était resté figé d'entendre sa grand-mère crier de la sorte, mais ne pouvait toujours pas quitter sa position, comme si de bouger aurait pu changer quelque chose à la situation.

Dès qu'elle se précipitât sur l'enfant, je quittais rapidement mon poste d'observation et, tirant délicatement sur la polaire, je pris l'enfant dans mes bras. Je déposais la balle dans son bonnet, tant bien que mal et arrangeait la polaire de manière à faire mine qu'un petit dormait là-dessous. Je quittais le Parc aussi rapidement que possible, mais sans trop faire de bruit quand même afin de ne pas attirer son regard, pour le moment son attention était à 100 % sur le garçon qui était en train de hurler dans le bac à sable. Je déposais rapidement le petit dans un couffin que j'avais mis sur le siège avant de la voiture, fit le tour à toute vitesse et démarrait en trombe. Je devais m'éloigner le plus vite possible de cette zone pour me rendre dans un territoire plus sûr.

Mes pensées filaient à toute vitesse, les unes plus folles que les autres et j'essayais de ne pas les retenir, j'accueillais rapidement la suivante histoire qu'elles ne s'imprègnent pas de trop dans mon esprit.

Lorsque j'arrivais à l'appartement avec le couffin, elle était là droite dans le fond du salon, immobile comme une statue. Je posais le couffin sur le canapé et elle se rapprocha sans un mot. Elle resta un moment à fixer ce petit garçon, il remuait doucement, mais il n'avait pas pleuré. Il ne s'était même pas réveillé. Au bout d'un long moment, au moins une demi-heure, passée dans ce silence angoissant, son visage commençait à s'illuminer, elle avait même caressé la main du petit tendrement. D'un regard interrogateur, je lui fis comprendre que je devais y aller, mais mon inquiétude devait transpirer sur mon visage. Elle me regarda dans les yeux et me chuchota que je pouvais y aller, que tout se passerait bien. Je décidais donc de rentrer chez moi.

Sur le chemin du retour, les idées les plus folles avaient fait leur retour, elles n'en avaient pas encore fini avec moi semble-t-il. Quelle drôle journée de repos, jamais je n'aurai pu imaginer cela, passer son jour de repos à kidnapper un enfant, et pas n'importe lequel.

Germaine essayant autant que faire se peut de se calmer pour arriver à sortir quelques mots de sa bouche, racontait au policier ce qu'il venait de se passer. Elle n'avait rien vu, non, et elle ne pensait pas avoir détourné son attention de la poussette plus de trois minutes. Elle décrivait la tenue de Jérôme, elle avait même une photo dans son sac qu'elle pouvait lui donner. Le policier lui intima de rentrer chez elle, qu'il avait tous les éléments nécessaires et qu'un inspecteur prendrait contact avec elle pour prendre sa déposition, pour l'instant, il avait déclenché l'alerte pour signaler l'enlèvement et le dispositif allait se mettre en place rapidement. Elle lui confirma son adresse et son numéro de téléphone et rentra à la maison, ce n'était pas loin, mais elle avait l'impression que ses jambes ne la porteraient pas jusque-là. Une fois à la maison, elle appelait Hugues à son travail. C'est une chose qu'elle ne faisait pas souvent, pour ne pas dire jamais, Hugues qui n'était pas en tournée, fut lui aussi surpris d'apprendre que sa femme l'appelait au travail. Il fallait que ce soit grave, qu'est-ce qui avait bien pu se passer ?

_ Allo fit Hugues d'une voix inquiète.

_ C'est…Un sanglot immense venait faire place à la suite qu'attendait Hugues et son angoisse fut décuplée.

_ Germaine, que se passe-t-il dis-moi, ne me laisse pas comme ça !

Le flot de questions qui lui arrivait, était autant de coups de poignard dans son cœur. Comment allait-elle pouvoir expliquer quelque chose qu'elle ne s'expliquait pas à elle-même ?

_C'est, c'est Jérôme… Il… Il… On l'a…

_ Oui ben quoi Jérôme ?

_ J'étais au parc…par cet…et … sa lèvre supérieure n'arrêtait pas de trembler et les larmes avaient fait place aux sanglots qui invariablement lui bloquaient la respiration et la parole à chaque fois que les mots qu'elle voulait dire arrivaient au niveau de la gorge.

_ On m'a enlevé le petit, finit-elle par lâcher dans un râle profond.

À l'autre bout du téléphone, Hugues n'avait plus de voix. Il avait imaginé quelque chose de grave certes, le fait que Germaine soit dans cet état-là, il ne l'avait jamais entendue comme ça, mais pas cette horreur. Comment cela pouvait bien être réel, pourquoi ce malheur venait-il de s'abattre sur leur famille ?

Il informa rapidement son chef de service de la situation. Celui-ci lui donna son accord pour rentrer chez lui, ils allaient se débrouiller avec le planning du jour, qu'il ne s'inquiète pas de ça et qu'il appelle si toutefois, il voulait aussi rester à la maison demain.

Quand il arriva chez lui, il vit Jules assis à côté de sa mamie qui lui caressait la main. Martine était encore dans la poussette, tout emmitouflée, elle avait les joues rouge pivoine, elle avait dû rester comme ça depuis que Germaine était rentrée du parc. Germaine, elle, sanglotait avec un mouchoir complètement trempé dans sa main droite devant ses lèvres. Hugues enleva la polaire, le bonnet et l'écharpe autour du cou de Martine, et tira un peu la couverture brodée jusqu'à mi- ventre, il fallait qu'elle respire un peu d'air frais cette petite. Puis il vint s'asseoir à côté de son épouse et lui caressa les cheveux, elle se blottit contre lui et les pleurs reprirent de plus belle. Il lui demanda si elle avait prévenu Robert et Sylvie, cela augmenta d'autant plus son râle, elle avait sans doute leur visage en face d'elle dans ses pensées en cet instant et elle réussit à hocher la tête pour lui dire que non. Comment aurait-elle eu la force de le faire ?

Hugues se plia à la corvée de prévenir son fils et sa belle-fille. C'était de loin ce qu'il avait eu de plus pénible à faire de toute sa vie. Un peu avant midi, Robert arriva en premier à la maison et Hugues lui expliquait ce qu'il avait réussi à entendre de Germaine et ce que le commissariat lui avait dit. Ensuite, il relata aussi l'échange qu'il venait d'y avoir avec ce jeune inspecteur de police qui était venu pour interroger sa mère. L'inspecteur, qui avait un garçon à peine plus âgé que Jérôme lui avait assuré de faire tout ce qu'il pourrait pour retrouver Jérôme. Comme il lui avait expliqué, ce sont les premières heures les plus importantes et la police avait été informée très rapidement, grâce à la présence d'esprit de cette dame du parc qui avait alerté un agent de police au carrefour le plus proche. Il fallait maintenant leur faire confiance, ils savaient comment traiter ce type d'affaire. Des barrages routiers avaient déjà commencé dans un large périmètre et la photo que Germaine leur avait donnée avait été reproduite rapidement pour inonder les forces de police dans le secteur. Le moindre renseignement dans ces premiers instants serait capital pour l'enquête. Robert prit sa mère dans ses bras et lui dit doucement à l'oreille qu'il ne fallait pas qu'elle culpabilise, cela aurait pu arriver à tout le monde. Elle avait beau avoir voulu entendre ses mots-là de son fils, elle n'arriverait jamais à se le pardonner. Lorsque Sylvie arriva à son tour, l'ambiance fut légèrement différente, elle n'avait pas de larmes apparentes, seul ses yeux rouges et gonflés laissaient présager qu'elle avait eu une longue séance de pleurs. Elle resta figée pendant que Robert lui faisait le topo, Hugues, lui, avait repris sa place auprès de Germaine. Lorsque Germaine tourna le regard vers Sylvie, son sang se glaça d'un seul coup. Le regard noir et froid qu'elle vit la fit retomber au 3e sous-sol. Sylvie ne dit pas un mot, son calme et son silence étaient angoissants. Elle, si enjouée et bavarde à son habitude, on ne pouvait pas passer cinq minutes sans entendre le son de sa voix, était muette comme une statue depuis qu'elle avait franchi le seuil de la porte. Même Jules qui ne décrochait jamais sa mère d'habitude n'avait pas osé quitter sa mamie. Martine commença à s'agiter, et lança un cri suivi de pleurs qui annonçaient qu'elle avait bien faim maintenant et qu'il fallait passer aux choses sérieuses. Sylvie prit Martine sans un mot et alla la changer. Germaine prit ça comme une attaque, cela voulait-il dire qu'elle ne la jugeait plus apte à s'occuper d'un enfant ? D'un commun accord, Robert et son père arrivèrent à convaincre Germaine d'aller s'étendre sur son lit et de prendre un cachet pour se décontracter, elle avait besoin de dormir un peu. Ils allaient s'occuper des petits avec Sylvie. Robert s'occupa de Jules, il avait besoin de se débarbouiller et il allait le mettre à table, pendant que Hugues, lui, s'était activé à faire un plat de pâtes et des saucisses de Strasbourg, personne n'aurait le cœur à manger comme quatre un jour pareil. Sylvie était sur le canapé et donnait son bibi à Martine tandis que Jules avait commencé son assiette sous l'œil attentif de Robert. Hugues, voyant l'heure à la pendule de la cuisine décida de passer à table sans attendre, sans doute que Marcel ne viendrait pas ce midi, c'était son jour de repos, il avait peut-être mieux à faire. Il dressa la table pour trois, Germaine lui avait soufflé à moitié endormie qu'elle ne voulait pas manger. Le père et son fils s'étaient mis face à face, Sylvie aussi ayant décliné l'invitation. Le début d'après-midi fut rythmé par les appels en provenance du commissariat pour annoncer les avancées de l'enquête, c'était beaucoup dire, il s'agissait surtout de verrouiller un périmètre le plus hermétique possible. Hélas, rien de nouveau n'était arrivé depuis un bon moment. Robert et Sylvie décidèrent de rentrer chez eux à ce moment-là. L'inspecteur avait pris leurs coordonnées et savait très bien où les joindre. À la demande de son père, Robert prit aussi Martine avec eux, ils pensèrent tous les deux que ce serait mieux pour Germaine et que cela occuperait l'esprit de Sylvie. Le retour se fit sans que Sylvie ne décroche un seul mot. Robert pouvait comprendre, mais en même temps, il était paniqué, car il n'avait jamais vu sa femme dans cet état. Il se faisait tellement de souci de voir son épouse dans cet état-là qu'il en oubliait presque de penser à Jérôme. Que faisait-il en ce moment ? Comment avait-il pu vivre cela du haut de son très jeune âge ? Il devait être paniqué, lui qui s'accrochait aux jupes de sa mère en permanence. Soudain, une idée terrible lui obscurcit l'esprit. Et s'il était mort ? L'inspecteur n'avait pas abordé le sujet en restant soigneusement dans la théorie de l'enlèvement et de la demande de rançon, sans jamais envisager toutes les possibilités. À moins que ce soit une technique pour ne pas affoler plus que ça les victimes, ils en débattent peut-être entres eux au commissariat, mais sans en parler avec les familles. Il préféra oublier cette pensée morbide et se consacrer à l'espoir d'avoir des nouvelles, des bonnes nouvelles bientôt.

Le drame (octobre-1991)

Stéphanie était au chevet de Patrick comme à son habitude. Son état s'était subitement dégradé et il ne lui arrivait que très peu souvent d'être éveillé. La plupart du temps, il dormait paisiblement avec quelques soubresauts de temps en temps, des rêves peut-être ou des douleurs qui le faisaient tressauter. Stéphanie avait longuement confié à Marcel que, bien qu'elle fût persuadée d'avoir pris la meilleure décision, quant à son divorce avec Albert, elle trouvait étrange que l'état de Patrick ait décliné presque en même temps que son couple se déchirait. Elle culpabilisait un peu, en se demandant si toutefois, il pouvait comprendre et sentir les choses dans son état, le fait de voir son père de moins en moins souvent, avait-il pu lui parvenir aussi ? Elle avait déménagé dans un petit appartement assez proche d'où habitaient les parents de Marcel. C'est lui d'ailleurs qui s'était occupé de tout, il était si prévenant envers elle. Elle savait qu'elle pouvait compter sur lui entièrement. Il l'avait convaincue que comme il habitait encore chez ses parents, il fallait qu'elle soit proche afin qu'il puisse accourir à chacune de ses sollicitations. Il avait trouvé l'appartement et organisé son déménagement. Albert ne lui avait pas facilité la tâche, même s'il ne pensait pas que Stéphanie ait pu le remplacer par cet infirmier quelconque, il ne pensait vraiment pas qu'il puisse se passer quoi que ce soit entre eux, il n'avait fait qu'entraver la bonne marche du partage et du déménagement des affaires de Stéphanie. Albert avait décidé de garder la maison, ils étaient en location et avaient des projets de construction qui ne s'étaient pas encore concrétisés. Heureusement, en quelque sorte, cela n'aurait fait que compliquer la séparation. Ce vendredi-là, il était presque 15 heures lorsque j'entrais dans la chambre de Patrick. Stéphanie me regarda avec un air étrange, une ride profonde s'était dessinée sur son front et elle me questionnait du regard.

_ Tu te rends compte qu'il n'a pas ouvert les yeux depuis hier matin ? Il ne m'avait jamais fait cela avant ?

_ Ne t'inquiète pas tant que ça, ils ont peut-être changé un médicament tu sais, ça arrive parfois le temps qu'il s'adapte au nouveau dosage. Lui assurais-je d'un air le plus professionnel possible !

_ Veux-tu que je me renseigne auprès du médecin ?

_ Je veux bien oui, je sais qu'on a dépassé le temps qu'il m'avait donné comme espoir depuis un moment, mais je n'arrive pas à me résigner. Je me dis que s'il tient encore, c'est peut-être parce qu'il n'en a pas fini avec nous. Il attend peut-être, car il sait, de là où il est, qu'un médicament va faire son apparition et que tout va rentrer dans l'ordre.

Je m'éclipsais en lui donnant une petite caresse réconfortante sur la joue, et partis comme si j'allais questionner un pseudo médecin. Bien entendu, je savais très bien que son état allait très vite chuter maintenant, la fin était toute proche. C'est pour cela que je ne lâchais pas Stéphanie, j'étais de plus en plus présent pour elle, comment aurait-il pu en être autrement ?

Le mercredi d'après, lorsque vers 10 heures du matin, j'entendis une certaine effervescence au niveau de l'aile ouest, je compris aussitôt que Patrick venait de nous quitter. J'expédiais rapidement les quelques soins qui me restaient à faire et me précipitais dans la chambre de Patrick. Stéphanie était en pleurs, allongée le long du petit corps de Patrick qui avait été débranché de toutes ses sondes et autre respirateur. Marcel la prit délicatement dans ses bras, elle ne lui opposa aucune résistance, son corps était aussi mou qu'un nounours en guimauve. Ils allèrent doucement s'asseoir sur le fauteuil, et Stéphanie avait sa tête logée dans le creux de son épaule et pleurait calmement. Cela lui rappela la première fois qu'elle s'était blottie comme ça dans le jardin, ce moment qu'il n'avait jamais effacé de son esprit et qui lui revenait avec encore plus de force à cet instant précis. Elle allait devoir être forte, et Marcel l'aiderait en cela, elle pourrait compter sur lui. Les deux jours qui suivirent, Marcel posa des congés afin d'être pleinement disponible pour elle. Il était même resté chez elle, il s'était installé sur le petit canapé convertible, et lui avait servi d'infirmier particulier. Il est vrai qu'elle n'avait pas fait grand-chose à part rester prostrée au lit. Le peu de fois qu'elle se levait, était pour aller aux toilettes ou pour manger, enfin grignoter ce que Marcel lui avait préparé ou acheté chez l'épicier du coin. Les obsèques avaient lieu cet après-midi et Marcel insistait pour que Stéphanie passe à la douche et soit présentable. Elle s'exécuta avec le dynamisme d'un escargot unijambiste et arriva tout de même à s'habiller dans un petit tailleur noir. Elle avait acheté pour la circonstance un chapeau noir avec un petit voilage. Elle ne s'était pas embêtée avec ses cheveux qu'elle avait ramassés sous le chapeau, puis avait pris soin de descendre le voilage devant ses yeux. Elle ne voulait voir personne aujourd'hui. La petite cérémonie à l'église fut courte et chargée d'émotion. Quel que soit le choix des mots, même si ceux-ci avaient été très bien choisis par ce jeune prêtre, cela n'avait aucun sens de mettre en terre un petit être aussi fragile, qui n'avait pas eu droit à connaître grand-chose de la vie. Le prêtre l'avait répété au moins trois fois, la vie continue... Mais à quel prix, et dans quelles conditions ? Est-ce toujours ce que l'on peut appeler une vie ? Ou bien était-ce cela l'enfer ? Stéphanie avait été courageuse jusque-là, aidée en cela par quelques barbituriques que j'avais dilués dans son verre à son insu. Lorsque la descente du petit cercueil commença, il virevoltait de gauche à droite à chaque fois que le personnel des pompes funèbres reprenait un peu de mou sur les cordes, Stéphanie lâcha un cri et voulu se précipiter dans le trou rejoindre celui qu'elle avait aimé le plus au monde. Il me fallut une poigne ferme et solide pour l'empêcher de nous y entraîner tous les deux, tellement son désespoir et sa peine lui avaient donné des forces. Chacun son tour, les personnes furent invitées à jeter une rose blanche sur le cercueil, le blanc symbole de pureté, de l'innocence de cet être qui devait se trouver auprès des anges à l'heure qu'il était. Albert essaya à plusieurs reprises de s'approcher de Stéphanie qui ne le calculait même plus, il avait fini par s'abstenir et partit rejoindre le reste de la troupe qui attendait aux grilles d'entrée du cimetière. Interpellant gentiment le prêtre, je lui fis part de la volonté de Stéphanie de ne voir personne et de ne pas recevoir les condoléances, elle n'en serait pas capable. Avec un hochement de tête franc et massif, il s'empressa d'aller vers les grilles pour passer le message aux curieux et autres personnes qui attendaient gentiment de dire quelques mots de réconfort. Comme si elle était en mesure de les entendre. C'était sans doute pour eux-mêmes qu'ils voulaient accomplir ce rituel, histoire de se dédouaner de toute sorte de reproche qu'ils pourraient se faire à eux-mêmes. Le besoin de se dire, j'ai bien fait les choses, comme elles sont prévues, on ne peut rien me reprocher. Mais au diable leurs egos, s'étaient-ils mis une seconde à la place de cette pauvre mère qui venait de dire au revoir, trop tôt, à son petit ange. Qu'est-ce qu'elle en avait à foutre d'entendre des « Ma pauvre petite » … « Sois forte » … « La vie continue » … « Courage ». Non seulement elle n'entendrait pas ce qu'ils diraient, mais elle n'avait pas envie de parler, d'échanger avec qui que ce soit. Elle avait un brouhaha incessant dans sa tête et personne n'arriverait à le faire taire. C'était sans doute une protection que lui envoyait son cerveau pour éviter qu'elle ne pète un câble. Nous sommes restés un moment devant ce monticule de terre, les employés avaient délicatement posé le reste des roses blanches en arc de cercle au-dessus et s'étaient retirés un peu plus loin, pour fumer une cigarette. Stéphanie avait un peu repris ses esprits, sa respiration se faisait plus calme et régulière. Elle me demanda d'aller leur demander une cigarette. J'étais surpris, mais m'exécutais aussitôt et revins rapidement auprès d'elle en lui tendant l'objet de ses désirs. Elle toussota les trois premières fois puis petit à petit, s'habitua à l'agression de sa gorge fragile par cette fumée réconfortante. À peine avait-elle tiré quelques goulées, qu'elle me demanda de rentrer à la maison. Une fois rentrés, je lui préparais un verre d'eau, avec mes mélanges savants, et l'aidais à se mettre au lit. Elle me promit de ne pas faire de bêtises, qu'elle ne voulait que dormir, et que je pouvais rentrer chez moi. Elle ne voulait pas que cela impacte de trop ma vie professionnelle. Elle dormirait une bonne partie du lendemain aussi et attendrait que je vienne après mon boulot pour manger un morceau avec moi si ça ne me dérangeait pas. C'est exactement ce qui se passa. Le lendemain, en arrivant à son appartement, lorsque j'entrais, elle m'avait laissé un double des clefs, elle n'était pas debout visiblement. Je m'approchais à pas feutrés vers la chambre. Elle était allongée sur le dos la tête légèrement surélevée par un cousin et regardait le mur blanc en face d'elle, plongée dans ses pensées.

_ Bonjour Stéphanie, comment te sens-tu aujourd'hui ? Lui dis-je.

_ Ho, ça va, j'ai mal à la tête, je me suis levée dans la nuit pour prendre un cachet et j'en ai pris un autre, il y a bien deux heures maintenant.

_ As-tu réussi à dormir un peu ?

_ C'est dur à dire, je n'ai plus l'impression d'exister vraiment. Mes pensées s'entrechoquent par moment. Je suis tellement fatiguée. J'ai tellement mal à la tête.

_ Je sais, lui dis-je, mais tu ne peux pas reprendre un cachet avant deux bonnes heures, tu sais. Je vais te mettre un gant froid sur la tête, cela te soulagera un peu.

Délicatement, il mouilla un gant à la salle d'eau et l'apporta pour l'appliquer avec soin sur son crâne. Stéphanie, visiblement, apprécia énormément et lâcha un profond soupir de soulagement.

_ Merci Marcel, tu es un ange. Ne me laisse pas, hein, j'ai trop besoin de toi, je ne te… Il ne lui laissa pas en dire d'avantage, en poursuivant avec des « psss, psss, psss »

_ Je ne t'abandonnerai pas, ne t'inquiète pas. Et je n'attends rien en échange, tu le sais bien. C'est juste que ta santé m'importe plus que tout, et je ferais tout pour que tu ailles mieux, rapidement. Il lui déposa un bisou sur la joue en lui prenant la main qu'il caressait tendrement.

Elle avait de la chance d'avoir Marcel. C'était comme un frère à qui elle pouvait tout dire. Il avait été là depuis le début, toujours prêt pour elle, sans jamais rien revendiquer. Elle lui avait dit à demi-mot qu'elle l'appréciait beaucoup, mais pas comme une amoureuse, elle n'avait pas pu finir sa phrase, Marcel l'avait interrompu avec ses « psss, psss, psss » en lui posant un doigt sur sa bouche.

Marcel avait pris des rouleaux au fromage dans une boulangerie, qu'il n'aurait qu'à réchauffer aux microondes, une salade césar toute prête et commença à faire chauffer une casserole d'eau pour faire des pâtes.

Une fois le plateau repas prêt, Marcel lui apporta dans la chambre et se posa au pied du lit pour lui faire face. Elle avait une mine à faire peur, mais comment pouvait-il en être autrement. Marcel ressentait sa souffrance au fond de lui comme s'il en prenait possession. Plus que tout au monde, il aurait voulu qu'en un claquement de doigts, Stéphanie ne souffre plus et reprenne un visage joyeux, un sourire étincelant et qu'elle rigole même, avec son petit rire si particulier qu'il avait réussi à lui décrocher de temps en temps. Il avait été si heureux lorsqu'il réussissait à l'entendre rire comme ça, insouciante, belle, rayonnante. C'était désormais son seul but dans la vie, rendre un peu de sa joie de vivre à Stéphanie. Son Graal.

Sylvie (janvier-1992)

La maison était silencieuse malgré les gazouillis que lâchait Martine, Sylvie avait l'impression que la maison filtrait tous les sons. Elle se déplaçait tel un robot, tous ses mouvements étaient des automatismes, elle ne réfléchissait pas, le pourrait-elle d'ailleurs ? L'inspecteur leur avait dit que bien qu'il n'y ait pas eu de mot dans la poussette, cela ne voulait pas dire pour autant qu'il n'y aurait pas un contact d'ici peu pour une demande de rançon. Mais au fond d'elle, elle ne pouvait pas se rattacher à cette idée. Qui aurait voulu s'en prendre à eux pour de l'argent ? Ils n'étaient pas riches du tout et n'avaient pas le profil des personnes à risque. Ça, l'inspecteur avait bien voulu lui donner raison là-dessus. Mais il avait rebondi en leur disant que justement, si une rançon était le mobile de l'enlèvement, ils auraient à faire à des amateurs et cela serait sans doute plus facile pour eux de les coincer, car ils auraient l'expérience pour eux. Depuis le début, Sylvie sentait que la rançon n'était pas le but, mais alors quoi ? Elle passait en revue les causes possibles dans sa tête pour les examiner et écarter les plus loufoques. Il était trop jeune pour que ce soit pour de l'esclavage sexuel, la rançon elle l'avait écarté d'entrée de jeu, il restait quoi alors ? Un quelconque rituel satanique, l'idée lui glaçait le sang, ou une mère qui voulait un enfant de substitution. Cette dernière idée lui faisait terriblement peur, car elle pensait que ce serait du coup le scénario le plus difficile à élucider pour la police, et qu'elle aurait de gros risques de ne plus revoir son enfant. Elle ne s'était jamais posé de question sur le sixième sens, et autre pouvoir extra-sensoriel, elle n'avait pas d'avis dessus, mais au fond d'elle-même, elle pensait que l'attachement fusionnel qu'elle avait avec son petit devait avoir déclenché quelque chose en elle. Au plus profond d'elle, cette conviction que le petit était vivant, sans doute bien traité, mais dans les bras d'une autre femme, ne pouvait plus la quitter. Et plus les heures, les jours passaient, plus elle le ressentait viscéralement. Comment allait-elle pouvoir vivre avec ça toute sa vie ? Bien sûr qu'elle n'aurait pas aimé apprendre qu'il soit mort, la douleur aurait été insoutenable. Mais lorsque cela se passait ainsi, les gens faisaient leur deuil, plus ou moins bien, mais continuer à vivre... Alors que là, imaginant tous les jours son Jérôme dormir dans une autre maison, aller dans une autre école, grandir avec d'autres frères et sœurs peut-être, aimer d'autres parents, une autre maman qu'elle. Cette torture allait durer à perpétuité... Martine était en train de pleurer sans doute un peu plus fort depuis une minute et du coup le son de ses pleurs avait surpassé le fond sonore permanent que Sylvie avait dans sa tête, un peu comme un groupe électrogène. Elle s'affaira pour lui préparer son biberon et son petit dessert à la crème. Une fois la petite restaurée, elle lui changea ses couches et la posa sur le transat avec un petit biscuit de dentition dans ses mains. Elle l'observa un moment en train de mettre le biscuit dans sa bouche, puis de le sortir et d'en faire de la bouillie avec ses petits doigts, sans aucune émotion, froide, éteinte comme depuis l'instant où elle avait appris pour Jérôme.

Germaine avait dormi plus que de raison et se sentait toute molle. Le médecin lui avait donné un traitement de fond qui ne lui permettait pas d'être en pleine possession de ses moyens, mais c'était mieux ainsi, en avait-il conclu avec l'approbation de son mari. La maison était bien vide, elle décida d'aller prendre un petit-déjeuner dans la cuisine, la descente des escaliers lui prit pas mal de temps, elle ne voulait pas que ses jambes flageolantes lui jouent un tour et qu'en prime elle dégringole les escaliers. Ils n'avaient pas besoin de ça en plus en ce moment. Elle continua par un peu de ménage, puis sa toilette et enfin elle s'habilla. Toutes ses tâches habituelles lui avaient pris plus de trois fois le temps habituel, c'est comme si elle tournait au ralenti. Elle prit son tricot et se posa sur le canapé devant la télé. Elle avait baissé le volume du son au plus faible, histoire d'avoir comme une illusion de présence dans cette maison vide. C'était un reportage animalier, n'importe quel autre programme eu été aussi bien. Elle avait cependant du mal à se concentrer sur ses mailles et dû s'y reprendre à plusieurs reprises jusqu'à ce qu'elle abandonne pour regarder seulement la télé. C'est, endormie devant la télé qui marchait toute seule, que son mari la trouvait ce soir-là après son travail. Les jours suivants se succédèrent à peu près de la même manière, mais Germaine avait vu avec le médecin pour adapter le traitement afin de diminuer les doses jusqu'à ce qu'elle puisse à nouveau reprendre le cours de sa vie et s'occuper de sa fille, toujours aux soins de Robert et surtout de Sylvie. Les contacts téléphoniques avec l'inspecteur s'espaçaient de plus en plus, les pistes n'étaient pas si nombreuses que cela et aucun élément positif ne venait redonner espoir à cette famille meurtrie. Sylvie continuait à penser que son fils était maintenant aux mains d'une autre femme et qu'elle n'aurait plus jamais de nouvelles, mais n'avait toujours pas réussi à s'y faire, cela lui était tout simplement inconcevable.

Cela faisait un mois jour pour jour que Jérôme avait été enlevé au parc et l'optimisme des enquêteurs avait disparu depuis pas mal de temps maintenant. Les statistiques sur les disparitions d'enfants étaient effrayantes. La plupart des gens vivent sans trop s'en occuper et lorsqu'ils apprennent ce genre de fait divers, pensent que ça n'arrive qu'aux autres bien sûr, c'est plus rassurant de penser ça que de vivre dans l'angoisse perpétuelle. La vie avait repris son cours du côté de Germaine, elle avait presque plus de médicaments et ceux qu'elle prenait maintenant n'étaient pas très forts, elle pouvait s'occuper de Martine comme auparavant. Bien sûr, il ne passait pas un jour sans qu'elle ne pense à ce matin-là, mais le temps commençait à faire son œuvre et à estomper un peu cette douleur immense qu'elle avait en elle. Elle faisait encore des cauchemars, bien entendu, et se réveillait souvent en pleurs et terriblement angoissée encore. Alors Hugues la prenait dans ses bras et la cajolait jusqu'à ce qu'elle reprenne son sommeil. Marcel n'avait pas été très présent durant ce dernier mois, il lui arrivait de rentrer tard, et cela n'était pas en rapport avec son, travail, il avait même plusieurs fois découché sans donner d'explication. Il avait toujours été assez renfermé sur lui-même, et le moment ne se prêtant pas trop à s'inquiéter de son récent changement d'attitude, Germaine avait pensé qu'il avait peut-être rencontré une femme, et c'était très bien pour lui. Il lui en parlerait lorsqu'il s'en sentirait capable, elle ne brusquerait pas les choses.

La belle harmonie du couple qui existait entre Robert et Sylvie, n'était plus qu'un lointain souvenir. Ils n'échangeaient presque plus la parole, leurs échanges se limitaient au strict minimum vital. Plus aucune complicité, plus aucun mot tendre ou affectueux. Robert se sentait totalement exclu de ce nouveau monde dans lequel s'était enfermée sa femme. Il en avait discuté avec le médecin et celui-ci lui avait donné un conseil concernant un groupe de parole qui regroupait des gens qui avaient perdu un enfant, cela ne pourrait que lui faire du bien, lui avait-il dit. Robert ne savait pas comment il aurait pu aborder un tel sujet en ce moment. Il ne voulait pas brusquer les choses, pouvait comprendre qu'elle souffrait et que cela l'avait plongé dans cet état, mais en même temps, il lui en voulait un peu, car cela lui interdisait à lui de s'apitoyer sur son sort. Il devait faire face pour la famille, et personne ne se demandait comment il allait lui. Il décida tout de même de laisser le petit carton avec les coordonnées du groupe de parole à côté du téléphone, il attendrait que ce soit elle qui prenne les devants et le questionne dessus. Il n'eut pas besoin d'attendre longtemps, le soir même en rentrant elle lui tomba dessus.

_ Tu penses que je suis devenue folle, c'est ça ?

_Mais Sylvie, qu'est-ce qu'il te prend, pourquoi dis-tu ça ?

_ C'est quoi ça, elle lui brandit le carton trouvé près du téléphone devant les yeux.

_ C'est un contact pour un groupe de parole que m'a donné le docteur Aim. Il pense que cela te ferait le plus grand bien. Il n'y a aucune vertu thérapeutique à vouloir tout garder en soi, pour soi. C'est très libérateur de parler, enfin, c'est ce qu'il pense.

_Oui, vous pensez que je suis folle, c'est ça ?

_Mais non, qu'est-ce que tu vas imaginer ? On veut juste que tu redeviennes comme avant… Elle le coupa net.

_ Ce n'est pas possible, hurla-t-elle, comment peux-tu dire ça comme si rien ne s'était passé. Redevenir comme avant, ça veut dire avec mon fils près de moi dit-elle en s'effondrant en larmes, Robert avait juste eu le temps de la serrer contre lui avant qu'elle ne tombe de tout son poids. Ils restèrent un moment, enlacés l'un contre l'autre le temps que Sylvie redescende de sa crise de nerfs subite.

Il lui fallut encore quelques semaines avant qu'elle ne se décide de prendre contact pour voir de quoi il en retournait. Elle entra dans cette petite salle, comme la personne à l'accueil le lui avait indiqué, et s'installa sur une chaise après avoir lancé un bonjour à la cantonade. Tout le monde avait répondu à ses salutations d'une manière amicale. Il devait y avoir une dizaine de sièges, en cercle au milieu de la pièce. Elles étaient cinq en tout, Sylvie s'était mise en face du groupe des quatre personnes qui discutaient à voix basses, sans nul doute qu'elles étaient des habituées, pas comme elle. Un homme brun assez grand, suivi d'une jeune femme blonde, la trentaine, entrèrent à leur tour et se dirigèrent directement vers Sylvie. L'homme s'adressa au groupe et leur précisa qu'ils attendaient encore cinq minutes avant de commencer, pour attendre les retardataires, il y avait pas mal de circulation aujourd'hui. Puis se retourna vers Sylvie pour se présenter.

_ Bonjour, vous êtes Sylvie je suppose, je suis Henri et voici, prenant la jeune femme par la main pour l'attirer devant elle, Adeline qui m'assiste. Sylvie leur retourna le bonjour.

_Vous êtes bienvenue parmi nous, il faut du courage pour une telle démarche et vous avez pris une bonne décision. Il n'est pas important de prendre la parole dès aujourd'hui, enfin sauf si vous en ressentez le besoin. De toute façon la règle ici, c'est que chacun ne parle et ne dit que ce qu'il veut bien raconter. Il n'y a aucune obligation. J'ai connu des personnes qui étaient restées plusieurs mois avant qu'on entende le son de leur voix. C'est à chacun de faire comme il le sent. Sylvie ponctuait chacune de ses phrases par un hochement de la tête. En totale liberté, soyons bien d'accord là-dessus. En règle générale, les gens attendent la troisième ou quatrième séance pour se lancer. Sentez-vous à l'aise, pour aujourd'hui, c'est moi qui vous présenterais au groupe, dès la prochaine fois, si vous le voulez bien, vous pourrez le faire par vous-même. Si vous restez jusqu'à la fin, et si vous avez des questions, je serais là pour y répondre. À tout de suite.

La séance commença par la présentation de Sylvie par Henri, ensuite, chacune déclina son prénom en disant bonjour aux autres. La séance dura plus de deux heures, au cours desquelles Sylvie écouta tour à tour chacune qui expliquait ce qu'elle ressentait. Cela était bizarre, intime souvent, et on sentait que cela faisait du bien à la personne qui parlait, un peu comme si un sac de sable se vidait lentement, au fur et à mesure qu'elle délivrait son récit. Une constante revenait souvent, c'était le fossé qu'il s'était créé entre les époux, pour une moins chanceuse cela avait été jusqu'à une rupture. Tout le monde s'en alla en silence, le rendez-vous était pris pour la semaine prochaine. Sylvie n'avait rien promis à Adeline, quand celle-ci à la fin de la séance était venue demander à Sylvie, si cela s'était bien passé et ce qu'elle en avait pensé. Elle se laissait encore le temps de la réflexion, lui avait-elle rétorqué.

Les séances se succédèrent tous les mardis et Sylvie ne se sentait ni mieux, ni plus mal, elle continuait à y aller quand même, cela la forçait à sortir un peu, à voir d'autres gens, même si elle n'en ressentait pas un bienfait tangible. Ses rapports avec Robert ne s'étaient pas améliorés non plus, ils n'avaient que de très rares échanges et Jules s'était fortement rapproché de son père. Sylvie s'en occupait aussi, mais Jules devait sentir que quelque chose ne tournait plus rond, et avait tout naturellement pris le parti de se rapprocher de son papa. Ce mardi-là, une personne qui avait rejoint le groupe depuis un peu plus d'un mois, prit la parole pour raconter son histoire. Sylvie n'en revenait pas de ce qu'elle entendait, cette femme, Géraldine, avait été victime d'un enlèvement il y a quelques années. Elle avait manqué de vigilance quelques fractions de secondes ou de minutes plus certainement dans une galerie marchande en pleine effervescence lors des préparatifs de noël, et puis plus rien, juste les cris d'une mère affolée qui raisonnaient dans ce grand hall de la galerie, des pleurs, puis une angoisse à vous couper le souffle. Cela faisait maintenant plus de cinq ans, mais pas une journée ne se passait sans qu'elle ne revît la scène. Elle en train de crier son nom devant l'indifférence ou la stupéfaction des gens qui la regardaient inquiets et s'étaient écartés en forme de cercle autour de cette « folle » qui criait le prénom de sa fille à s'en décrocher les poumons. Aujourd'hui, elle prenait la parole après tout ce temps, mais elle ne pensait pas être dans la même situation qu'une femme qui a perdu son enfant à cause d'une maladie ou d'un accident. Elle pouvait imaginer, très bien même, la peine engendrée par cette disparition, mais au moins elle pouvait faire son deuil, aussi horrible que cela puisse paraître, alors qu'à elle, il lui était impossible, elle s'interdisait de faire le deuil de sa petite fille, ce serait la perdre une seconde fois. Ce jour-là, après avoir changé de place pour s'asseoir à côté de Géraldine et de lui prendre sa main, Sylvie entreprit de raconter son histoire aussi, cela avait fait naître une expression de soulagement chez Henri et Adeline. Puis la séance terminée, Sylvie et sa nouvelle copine décidèrent d'aller boire un verre ensemble et elles restaient à papoter sans se soucier le moins du monde de l'heure. Ce jour-là, elle rentra juste à temps pour récupérer Jules à la sortie de l'école. Le soir venu, Robert, à peine rentré, senti que quelque chose de nouveau s'était produit. Son épouse était différente, elle n'avait pas beaucoup plus parlé que d'habitude, mais quelque chose d'indéfinissable était présent ce soir-là. En fin de soirée, une fois couché, Robert n'y tenant plus se lança.

_ Tu as passé une bonne journée ?

_ Oui, dit-elle. En fait, j'ai fait la connaissance d'une femme, Géraldine, qui a connu la même chose que moi. Et nous avons beaucoup échangé, parce qu'on se comprenait. Nous étions sur la même longueur d'onde. C'était différent, tu comprends ?

_ Oui, je peux comprendre effectivement. Robert ne savait pas encore trop quoi en penser. Il se dit qu'il verrait bien au quotidien ce que cela allait emmener comme changement.

Puis elle se tourna dans le lit en attrapant son bras pour se l'entourer autour de son épaule. Robert, un temps, se demandait si cela pouvait être interprété comme une ouverture ? Il attendit quelques instants puis vint se blottir contre elle. Cette seule sensation lui chavira le cœur, depuis le temps qu'il n'y avait plus eu de contacts intimes, c'était une révolution et son cœur battait la chamade. Tout doucement, il commença à la caresser et le plaisir semblait partagé. Les caresses s'amplifièrent et devinrent mutuelles, tant et si bien qu'ils firent l'amour cette nuit-là. Il n'osa pas en parler le lendemain matin, tellement ce matin-là ressemblait à tous les précédents. Il avait peur que cela brise quelque chose, aussi, il partit au travail comme si de rien n'était. Sylvie avait réussi ce soir-là à fonctionner avec une certaine partie de son cerveau, une partie intacte et laissé au repos depuis le drame. C'est comme si elle avait occulté pendant un moment sa vie présente et qu'elle s'était replongée dans son passé, lorsqu'elle et Robert s'aimaient éperdument. Elle ne comprenait pas comment cela était possible et elle ne chercherait certainement pas. Elle avait adoré ça, mais bizarrement, le matin au lever, c'est comme si son cerveau avait littéralement basculé dans une autre zone, celle habituelle où elle végète depuis ce jour où on lui avait pris son fils. Elle attendait avec impatience le mardi suivant pour revoir Géraldine et très vite les deux amies décidèrent de se voir plus souvent, puis tous les jours. Elles s'entendaient à merveille, se comprenaient même parfois sans parler, simplement d'un regard. Est-ce une synchronicité, ce que certains appellent un hasard ? Si son deuxième enfant avait été une fille, elle l'aurait appelé Géraldine. Elles trouvèrent ce signe intéressant, même si elle ne savait pas quoi y mettre derrière.

Gérard (février-1992)

Cela faisait deux semaines que le rapt avait eu lieu, et elle avait repris une meilleure mine, elle avait l'air détendue et souriante. Elle me rassura dès mon arrivée en m'expliquant que ça se passait bien avec le petit, elle avait même trouvé un prénom pour lui. « Gérard ». Elle savait qu'il ne s'appelait pas comme ça jusque-là, mais il était encore jeune et il commençait à réagir à sa voix et la cherchait du regard quand elle lui parlait. J'étais rassuré de voir que cela se passait bien, c'était un pari fou et les risques que j'avais pris, aussi énormes furent-ils n'avaient pas été vains. Nous passâmes la journée ensemble, lorsque Gérard dormait, nous regardions la télé ensemble sur le canapé. J'étais bien, les idées noires n'étaient plus là pour me perturber, j'étais heureux, enfin, c'est ce que les gens disent dans cette situation, je pense que l'on pouvait dire ça comme ça. Je ne connaissais pas l'amour, je n'avais même pas imaginé ce que cela pouvait bien vouloir dire, je pensais depuis longtemps que c'était une chose à laquelle je n'avais pas droit. Pourtant, lorsque j'étais avec elle, c'étaient les seuls moments où je me sentais bien, détendu et serein. Je ne sais pas si on pouvait dire que je l'aimais ou pas, mais une chose était certaine, c'est que j'adorais chaque minute que je passais avec elle. Le plus compliqué restait à venir, je devais maintenant obtenir des faux papiers pour qu'elle puisse un jour l'inscrire à l'école, qu'il passe son Bac, son permis, qu'il puisse avoir une carte d'identité, d'électeur ou un passeport. La personne que l'on m'avait indiquée était un petit truand sans grande envergure, mais qui était passé maître dans l'art de faire des faux papiers. En attendant de recevoir ces précieux sésames, il faudrait lui trouver une destination où elle pourrait s'installer avec Gérard. Stéphanie n'avait plus trop de contact avec le peu de famille qu'il lui restait et de toute façon ne voulait pas rentrer dans des explications sur la provenance de cet enfant qui avait presque le même âge que Patrick. Elle opterait plutôt vers l'ouest, du côté des sables d'Olonne ou bien le sud de la Bretagne. Marcel s'employait donc à rechercher un logement avec les recommandations que lui avaient faites Stéphanie. Elle aurait préféré une villa, à la rigueur une maison de village avec un petit jardin, pas trop grande, il n'était que deux après tout. Si toutefois cela devait être un appartement, elle voulait un premier étage et sans ascenseur. Elle avait ajouté : « Cela augmentait considérablement les charges, puis de toute façon, ils tombaient tout le temps en panne ». Impérativement un balcon donnant au sud de préférence, un garage et une cave, pour entreposer des affaires, c'était bien pratique. Et puis chose importante, il lui fallait trois chambres, une pour elle, une pour son fils et une chambre d'amis pour lui quand il viendrait leur rendre visite, car elle y tenait beaucoup. Stéphanie savait très bien que sans lui, et son aide précieuse, les risques qu'il avait pris et son courage, elle ne serait plus de ce monde aujourd'hui et serait allée rejoindre Patrick. Il lui avait bien souvent dit que pour lui les suicidés n'allaient pas au même endroit et que cela serait encore plus terrible d'être de l'autre côté sans pouvoir peut-être jamais rejoindre son petit ange. Cela avait pesé dans la balance, mais ne se sentant pas capable de vivre seule dans le souvenir de Patrick en attendant sa mort naturelle pour le rejoindre, elle se laissa convaincre qu'elle pourrait refaire sa vie ailleurs avec un enfant, un petit garçon très gentil et mignon, son neveu qu'il se proposait d'enlever pour elle. Ce ne fut pas une mince affaire, au début elle était réticente, bien sûr et cela ne s'est pas fait du jour au lendemain. Marcel lui avait expliqué ce qu'il ressentait depuis tout petit, quelle avait été son enfance, la différence qu'il y avait entre Robert à qui tout réussissait, et lui pour qui il ne restait rien, même pas les miettes. Et puis son frère et sa belle-sœur avaient Jules et pourraient très bien, d'ici quelques temps, avoir un autre enfant. De toute façon, leur couple était la définition du couple en parfaite harmonie, où le bonheur avait élu domicile à tout jamais. Certes, ils auraient du chagrin, mais ils se souderaient encore plus, même si cela paraissait impossible d'être plus soudé, et ils surmonteraient cette tragédie, si ça se trouve, ils écriraient un livre qui ferait un bestseller, puis un film récompensé par une multitude de césars, comment pourrait-il en être autrement dans le merveilleux univers de Robert et Sylvie ? À force de plaidoyers, Stéphanie commença à se faire à l'idée de cette nouvelle vie avec un enfant qu'elle aimerait comme si c'était Patrick réincarné. Une chose était certaine, c'est que cet enfant ne manquerait de rien et surtout pas de l'amour d'une mère, pour ça, on pouvait lui faire confiance. Les jours passèrent paisiblement lorsqu'un jour Marcel rentra tout excité. Il avait trouvé un petit joyau à Batz sur mer, à côté de St Nazaire, une villa avec trois chambres, un jardin et une vue magnifique sur la mer. Il s'empressa de lui montrer les photos et le prix était tout à fait raisonnable, même en dessous du budget qu'elle s'était fixée. Elle avait un joli pécule à la suite de l'héritage qu'elle avait reçu au décès de son père, et malgré l'achat de cette villa il lui resterait encore suffisamment pour voir venir, sans compter une rente trimestrielle de l'assurance-vie. Elle ne chercherait pas à retravailler tant que Gérard serait petit, elle pouvait se permettre d'attendre, et c'était bien dans son intention. Éventuellement, elle passerait des agréments pour garder des enfants à domicile, mais pour le moment ce qui comptait plus que tout, c'était de démarrer une nouvelle vie, ailleurs. Marcel était content d'avoir vu un brin d'émotion et de plaisir sur le visage de Stéphanie. Il avait eu un coup de cœur pour cette villa et pour chacune des photos, elle avait eu les mêmes remarques que lui, il était vraiment connecté à elle, cela le rendit heureux. Il rentra chez lui ce soir-là et il fut surpris de voir Robert et Sylvie à la maison. Ils ne les avaient pas vus ensemble depuis ce jour-là et une gêne s'empara de lui. Il avait l'impression qu'on pouvait lire sur son front qu'il était le coupable qui avait brisé leur vie ce jour-là. D'autant qu'il n'aurait jamais imaginé que le couple aille si mal. Ils ne se parlaient pratiquement jamais, alors qu'avant on entendait qu'eux avec leur joie à revendre. Sylvie était visiblement la plus atteinte, Robert lui faisait illusion. Marcel s'excusa et quitta la table pour monter se coucher, prétextant une dure journée le lendemain. Il ne supportait plus d'être là assis à côté d'eux comme si de rien n'était. Il se sentit défaillir à plusieurs reprises. Une fois seul dans sa chambre, allongé sur le dos les yeux rivés au plafond, il essaya de lutter contre toutes ses idées noires que se faisaient encore plus fortes que d'habitude. Il n'avait pas réussi à s'endormir avant un bon moment et avait eu une nuit agitée. Tout aurait dû bien fonctionner, comment se faisait-il qu'un couple aussi amoureux et aussi soudé que son frère et sa belle-sœur en était arrivé là ? Normalement, ils auraient dû être encore plus soudés, se soutenir l'un l'autre, et même donner des leçons à tous ceux qui traversaient ce genre d'épreuve ? Pourquoi cela avait-il dérapé, qu'avaient-ils à se comporter de la sorte ? Dès le lendemain matin, il y avait les papiers à récupérer, le déménagement à organiser et tout cela lui faisait tenir le coup et lui permettait de chasser aussi vite qu'elles arrivaient ses idées noires. Mais de temps en temps, jamais en compagnie de Stéphanie, Marcel avait des crises de larmes qu'il n'arrivait ni à contrôler, ni à comprendre. Il se retrouvait dans une détresse telle que ça lui était insupportable, comme une douleur interne irrationnelle. Le déménagement arriva assez vite, tout était fin prêt, Marcel avait posé une semaine de congé exprès pour organiser leur installation dans leur nouvelle maison. Le camion du déménagement était parti depuis une bonne heure quand Marcel avait fini de tout mettre en ordre pour l'état des lieux. Stéphanie était partie en fin de matinée avec Gérard, et devait passer la nuit à l'hôtel à Batz sur mer, Marcel les y rejoindrait le lendemain, pour l'arrivée du camion qui était prévue le surlendemain au matin. C'était un petit hôtel sympathique, et elle avait reçu un chaleureux accueil par les propriétaires. Ce matin-là, Gérard ne s'était pas réveillé avant 9 heures 15, c'était exceptionnel et Stéphanie n'en revenait toujours pas de cette grasse matinée inespérée, était-ce le changement d'air ? Il faisait un soleil radieux et la journée annoncée devait être très ensoleillée, aussi elle décida de sortir avec la poussette pour promener le long de la côte et d'aller prendre le petit-déjeuner à une terrasse de café, pour profiter de ce bon air vivifiant. Elle continua en baladant dans la petite ville côtière et ce qu'elle voyait lui plaisait beaucoup. Ça avait l'air d'être une gentille petite bourgade. Une fois de plus Marcel avait été un ange. Elle n'éprouvait aucun sentiment amoureux pour lui, cela ne se commandait pas, n'est-ce pas, mais elle ressentait beaucoup de tristesse à ce qu'une belle âme comme lui ait eu une vie si insignifiante et malheureuse alors que le bonheur coulait à flots à ses côtés. Elle avait beaucoup de ressentiment envers cette injustice. Marcel était très attentionné, gentil, débrouillard, il n'était pas vilain garçon non plus, comment se faisait-il qu'il n'ait jamais eu sa chance ? La vie était mal faite. Comment pouvait-elle laisser des enfants battus dans des familles terribles alors que d'autres devaient disparaître très tôt alors qu'ils avaient un foyer aimant près à les choyer toute leur vie ? Il arriva en fin d'après-midi à l'hôtel et après avoir pris une douche rejoignait Stéphanie et Gérard pour le repas du soir. Stéphanie lui proposa de l'inviter au restaurant, elle en avait repéré un lors de sa promenade aujourd'hui et elle serait ravie de le faire découvrir à Marcel. Gérard avait pris son bibi de lait et avait sa couche toute propre, il était déjà dans la poussette, prêt pour la sortie nocturne. Ils trouvèrent une table avec une vue sur la mer et avaient mis la poussette contre un rideau afin qu'il soit moins exposé aux lumières assez agressives de ce côté de la salle. Ce n'était pas le meilleur endroit pour un repas en amoureux, mais ce n'était pas l'objet de celui-ci donc tout allait bien. Stéphanie se laissa tenter par un plateau de fruits de mer, quant à lui, Marcel prit un poisson grillé avec ses petits légumes. Le vin blanc que le serveur leur avait conseillé était frais et passait vraiment très bien, tant et si bien qu'ils en commandèrent une deuxième bouteille. Ils ne conduisaient pas et l'hôtel n'était pas très loin à pied. Ils apprécièrent tous les deux, un relâchement après toute cette tension qu'ils venaient de vivre. Un moment de détente, grisés par les effluves de l'alcool, leur permettrait d'oublier un peu tout ce stress. Ils discutèrent énormément, ils étaient bien, trop bien même au point de ne pas s'être rendu compte qu'ils étaient les derniers clients. Le serveur attendait à l'agachon le moindre mouvement signifiant un départ pour foncer sur la table et débarrasser le peu qui restait. Il avait petit à petit enlevé, par-ci par-là tout ce qu'il pouvait en essayant de leur faire comprendre qu'il aimerait bien que sa soirée se termine à lui aussi, pour aller se détendre à son tour. Ils rentrèrent à l'hôtel, en flânant tranquillement, l'alcool devait y être pour grand-chose. Marcel avait passé là une de ses plus mauvaises nuits, au lieu d'atténuer son flot d'idées noires comme il l'espérait, l'alcool les fit venir plus nombreuses et plus bruyantes encore. Le lendemain, ils se rendirent à l'agence pour récupérer les clefs de la maison et attendirent le camion ensemble en grignotant quelques viennoiseries qu'ils avaient pris sur le chemin. Le camion arriva à l'heure et l'emménagement allait bon train, Stéphanie indiquait aux déménageurs musclés là où elle voulait qu'ils posent ses meubles.

Marcel s'absenta lors de leur pause à midi pour aller acheter deux sandwichs, pour une journée aussi chargée cela ferait l'affaire. Ils engloutirent rapidement leurs repas et Stéphanie commençait à ranger la vaisselle en s'affairant comme dans un film passé en accéléré. Les déménageurs furent surpris de tout ce qu'elle avait réalisé pendant leur courte pause de midi. Le camion s'en alla vers les 16 heures et lorsque d'un commun accord, on s'arrêta ce soir-là, une bonne partie avait été rangée, il était presque 21 heures. Je décidais d'aller prendre ma douche à l'hôtel pendant que Stéphanie se préparerait ici et je reviendrais la prendre pour aller au restaurant, personne n'avait le cœur à cuisiner et encore moins à manger deux malheureux sandwichs. La soirée fut magnifique encore une fois, même si avec la fatigue, il était plus difficile d'apprécier et ils ne prirent qu'une seule demi-bouteille de vin ce soir-là. Ils avaient changé de restaurant, histoire d'en essayer un autre et le résultat était concluant, ils avaient autant apprécié que la veille. Lorsqu'ils arrivèrent à la villa, Stéphanie s'arrêta net avant d'ouvrir la porte.

_ Je m'apprête à rentrer pour dormir pour la première fois dans ma maison dit-elle solennellement en regardant Marcel droit dans les yeux.

_ Oui, je crois qu'on peut dire ça ! Répondit Marcel

_ Je peux te demander quelque chose ? Son regard avait changé d'expression et était devenu un rien canaillou. Elle commençait à se tortiller et se mit à rigoler franchement. Ce rire que Marcel adorait tant.

_ Bien, dis-moi, tu m'intrigues là ?

_ Je me demandais si tu serais d'accord... Toujours avec ce même rire chafouin

_ Oui que veux-tu de moi ?

_ Est-ce que tu voudrais bien me prendre dans tes bras et me faire passer le seuil de la porte, comme un mari ferait avec son épouse ? Ce coup-ci, c'est marcel qui se mit à rigoler tout en rougissant aussi, il ne s'était pas attendu à une telle demande.

_ Bien entendu, si tu le désires, avec plaisir. Il prit Stéphanie dans ses bras comme dans un conte de fées. La porte grande ouverte, ils entrèrent le plus lentement et pompeusement possible et Marcel alla la déposer délicatement sur le canapé.

_ Madame la princesse, vous voici pour une nouvelle vie, dans votre nouvelle demeure.

Avant qu'il se recule, Stéphanie lui déposa un gentil baiser sur la joue tout en lui caressant l'autre de sa petite main. Marcel sentit les degrés monter subitement, et ce n'était pas dû à son petit verre de vin, à n'en pas douter.

Une fois Gérard couché et après un grand moment à discuter ensemble, Marcel prit congé, car il devait partir tôt le lendemain matin.

Il ne savait pas encore quand, mais il lui promit de revenir très vite pour passer le week-end avec elle et de toute façon, il allait lui écrire et lui téléphoner, dès qu'elle l'appellerait pour lui donner son nouveau numéro. Cela devait être fait d'ici la fin de semaine ou début de semaine prochaine lui avait dit le préposé de la poste. Après une dernière nuit détestable dans cet hôtel, Marcel rentrait chez lui.

Géraldine (Mars-1993)

Robert était encore en train d'essayer de comprendre ce qui avait bien pu se passer pour que sa tendre épouse redevienne, l'espace d'une nuit, celle qu'il avait toujours connue et aimée. Cette nuit fut tellement merveilleuse et inespérée pour lui, qu'il avait du mal à comprendre pourquoi le lendemain tout semblait comme avant. Est-ce qu'elle ne l'aimait plus ? N'avait-elle plus de sentiment pour lui ? Était-ce purement sexuel ce qu'ils avaient vécu cette nuit-là ? Autant de questions qui le hantaient sans jamais avoir l'esquisse d'une réponse. La journée fut compliquée, il avait été sans cesse tourmenté par toutes ces questions qui revenaient à tour de rôle.

Sylvie avait rejoint Géraldine dans un café, elles avaient prévu, après une petite période de commérage rapide autour d'un café, d'aller faire quelques boutiques. Il faisait beau ce jour-là et elles s'étaient installées en terrasse, profitant de ce chaleureux soleil. Une fois arrivées dans la première boutique, Sylvie craquait pour une paire de bottes. Robert l'avait un peu houspillé sur son train de vie anormalement dépensier depuis quelque temps, mais elle s'en foutait un peu sur le moment, cette paire de bottes avait été créée pour elle, point final. Elles enfilaient boutique après boutique, mais Sylvie avait été plus raisonnable, elle avait trouvé un joli tailleur bleu nuit qu'elle avait essayé et gardé sur elle un bon moment avant de décider que ce serait de la folie. Géraldine n'était pas venue pour de la figuration, elle avait acheté au moins un article par magasin, hormis les chaussures dans le premier, ce qui faisait qu'elle avait des sacs de plus en plus encombrants. C'est sans doute à cause de cela qu'elle renonça à prendre un chapeau dans cette dernière boutique. Elles étaient chargées comme des mulets et rentrèrent à leur maison respective, avec le sentiment d'avoir passé un bon moment ensemble, coûteux mais très agréable. Les escapades des deux amies n'étaient, heureusement pour leur budget, pas aussi fréquentes, mais de temps en temps lorsqu'elles le décidaient, c'était la fiesta et les cartes bleues n'avaient qu'à bien se tenir !

En dehors des journées shopping, elles se voyaient quasiment tous les jours, mais elles n'en pouvaient plus de se faire draguer ou bien d'être continuellement observées comme des bêtes fauves dans un zoo. Rapidement, elles décidèrent de se voir tantôt chez l'une et tantôt chez l'autre. Du coup, les boissons devenaient aussi moins chères que dans un bistrot, cela ayant pour conséquence de pouvoir s'enfiler un verre ou deux de plus. Lentement, mais sûrement, elles tombèrent toutes les deux dans une sorte de vie parallèle, où les problèmes quotidiens s'estompaient bien gentiment dans des brumes alcoolisées. Elles n'étaient jamais totalement ivres, et leur aptitude à tenir l'alcool s'était grandement renforcée, elles vivaient dans un état second ni trop ni pas assez, juste ce qu'il fallait pour être bien et sans soucis. Cela bien sûr au détriment de leur ménage respectif, les tensions, insidieusement, devenaient de plus en plus fortes de plus en plus fréquentes. C'est le couple de Géraldine qui en souffrait le plus, son couple n'était plus qu'à un fil de la rupture très souvent. Sylvie, elle réussissait, de temps en temps à modérer sa consommation et ces jours-là, utilisant son cerveau post drame, passait une folle nuit d'amour avec robert. Celui-ci ne comprenait toujours pas comment fonctionnait cette épouse qui ne ressemblait plus du tout à celle qu'il avait aimé dès le premier regard. Pourtant, au fond de lui, ayant connu cet amour fou que la plupart des gens ne connaîtront sans doute jamais, il espérait qu'un jour, elle redeviendrait la Sylvie tant aimée. Les crises devenaient de plus en plus fortes et Géraldine se positionnait tout le temps en victime. Sylvie avait essayé une fois ou deux de lui dire qu'il fallait peut-être aussi se mettre à la place de Norbert son mari, mais cela l'avait poussé dans une colère folle et Sylvie redoutant de perdre son amie n'avait pas plus insisté sur le sujet. Ce jour-là, alors que Géraldine devait se rendre chez Sylvie, elle n'était pas venue. Sylvie n'était pas non plus arrivée à la joindre sur son portable et avait laissé plusieurs messages. C'est vers 15 heures 45 qu'elle entendit soudain la sonnette de la porte d'entrée. Un homme se tenait devant l'entrée et d'après la description que Géraldine avait faite de son mari, elle comprit qu'il s'agissait de Norbert. Celui-ci paraissait ennuyé, inquiet et pas sûr de lui.

_ Bonjour, je suis le mari de Géraldine, on ne se connaît pas, mais j'ai trouvé votre adresse et je voulais savoir si elle était chez vous en ce moment ? Le ton était par moment hésitant, mais avec une pointe d'énervement très perceptible.

_ Bonjour, je suis surprise de votre venue et de votre question, on devait se voir aujourd'hui chez moi effectivement, mais elle n'est pas passée. Quelque chose ne va pas ? Sylvie tenta d'en savoir plus.

_Nous avons eu quelques mots, peut-être un peu plus forts que d'habitude vous savez, ces querelles de couple, qui n'en a pas ? Et ce matin, elle n'était plus là, à mon réveil.

_ Elle, euh… Elle est peut-être allée chez de la famille, ou une amie ?

_ Non, elle n'est plus très proche de sa famille et en plus, ils habitent loin d'ici. Vous êtes sa plus proche amie en ce moment, c'est pour cela que je me suis permis de venir vous voir en premier. Je vais aussi aller voir son autre amie Betty, excusez-moi pour le dérangement.

_ Ne vous excusez-pas, il n'y a pas de mal, j'espère qu'elle va vite donner de ses nouvelles.

_Oui j'espère aussi dit-il pensif en commençant à faire demi-tour.

Il avait à peine fait deux pas qu'il se ravisa et revînt avant qu'elle ne ferme la porte.

_ Je vous laisse mon numéro de téléphone au cas où elle se manifesterait à vous ? Il lui tendit une carte de visite.

_ Oui, je n'y manquerais pas. Bonne journée, au revoir.

Sylvie referma la porte et Norbert regagna sa voiture. Qu'est-ce qui avait bien pu mettre le feu aux poudres se demanda-t-elle ? Il est vrai que les tensions étaient de plus en plus fortes entre eux, son mari lui reprochant de plus en plus son manque d'intérêt pour la maison, la famille et aussi ses trop nombreuses sorties. Sylvie n'avait pas osé lui poser la question, mais elle espérait qu'il n'y avait pas eu de violence, cela effectivement aurait pu expliquer son départ au petit matin sans crier gare. La fin de journée continua sans que Sylvie n'arrive à s'enlever cette histoire de la tête en essayant plusieurs scénarios plus improbables les uns que les autres, mais elle ne pouvait rien faire d'autre avec le peu d'élément qu'elle avait. Elle était en train de ranger du linge propre dans sa penderie lorsque la sonnette de la porte d'entrée la fit sursauter. Lorsque Sylvie ouvrit la porte, Géraldine se jeta littéralement sur elle l'enserrant dans ses bras. Elle se mit à sangloter et doucement Sylvie se rapprochait du canapé ou elles prirent place en s'asseyant délicatement.

_ Tu veux boire quelque chose, demanda Sylvie ?

Géraldine sanglotant et n'arrivant toujours pas à parler, hocha la tête.

Sylvie allait lui servir un verre d'eau et lui posa dans la main en lui remontant lentement vers la bouche afin qu'elle commence à boire une petite gorgée.

_ Je suis partie de chez moi arriva-t-elle a glissé avant de repartir dans des sanglots sans fins.

_ Je sais oui, Norbert est venu tout à l'heure pour savoir si tu n'étais pas là, répondit Sylvie.

_ Quoi ? Sursauta Géraldine. Mais quoi, qu'est-ce qu'il t'a dit ?

_ Pas grand-chose, que vous vous étiez disputés hier soir et que ce matin à son réveil, tu n'étais plus là.

_ Oui hier soir c'était règlement de compte à OK Corral, on s'est lâchés autant lui que moi, je crois qu'on a dit des choses même qu'on ne pensait pas vraiment. Le but s'était pour chacun de marquer des points, de faire mal à l'autre. Je dois dire que je n'ai pas été mauvaise là-dessus, mais pour la première fois, j'ai cru percevoir qu'il ne m'aimait peut-être plus et cela m'a fait paniquer et réfléchir toute la nuit. Je n'ai pratiquement pas fermé l'œil de la nuit et au petit matin, je n'avais pas encore les idées claires et je ne me sentais pas de remettre ça ou pire de faire comme si rien ne s'était passé. J'ai donc pris quelques affaires et me suis enfuie, j'avais l'espoir que cela lui fasse prendre conscience de ce que je représentais pour lui.

_ Et tu as fait quoi pendant tout ce temps ? Pourquoi ne passes-tu que maintenant ?

_ En fait j'avais besoin d'être seule pour essayer de réfléchir à tout ça. Je n'ai pas vraiment pris le temps de mettre de l'ordre depuis l'enlèvement de ma fille et je crois que ton histoire a ravivé quelque chose au fond de moi, comme pour me dire que je n'avais pas fait le travail comme il le fallait. Je me suis promenée dans le parc, j'ai flâné en ville puis je suis allée au cinéma pour essayer de penser à autre chose puis finalement, je me suis endormie.

_ Tu es allée voir quoi, dis-je avec un petit rictus.

_ Je n'en sais fichtrement rien, me répondit-elle avec un petit rire nerveux. Lorsque je suis sortie de la salle, je me suis dit qu'il faudrait que je rentre, mais je n'en avais pas encore la force, alors je me suis décidée à venir te voir.

_ Tu as bien fait ma cocotte.

_ Je pourrais très bien comprendre que cela te gêne ou te pose un problème, mais si je pouvais dormir là ce soir j'en serai vraiment ravie. Ne te gêne surtout pas, si tu penses que ce n'est pas une bonne idée, je ne t'en voudrais pas, sois en sûre. J'ai tellement peur qu'il ne m'aime plus que je n'ose pas rentrer ce soir.

_ Ecoute tu restes là ce soir et même plus si tu en ressens le besoin. Il n'y a aucun problème, mais tu sais la personne qui est venue me demander si je t'avais vue aujourd'hui n'avait pas du tout l'air d'une personne indifférente, bien au contraire. Je l'ai trouvé inquiet et soucieux. Dieu sait tout ce qu'il peut s'imaginer.

_ Ah bon, il était inquiet pour moi, tu crois ?

_ Non je ne crois pas, j'en suis certaine. Comment veux-tu qu'il ne s'inquiète pas ? Qu'aurais-tu fait à sa place ?

_ Ça c'est bien toi, toujours à retourner la situation.

_ Non, ce n'est pas ça, mais imagine que ce matin, tu ne le retrouves pas à la maison et que tu t'aperçoives qu'il a pris quelques affaires, comment aurais-tu réagi ?

_ J'aurai été soulagée, Lâcha-t-elle, puis après un moment de réflexion, non je pense que j'aurai imaginé plein de choses et sombré dans une grosse déprime. Tu penses que je devrais rentrer alors ? Je ne m'en sens pas encore la force.

_ Si tu veux mon avis, je l'appellerai pour au moins qu'il enlève quelques scénarios catastrophe de son imagination, ensuite je lui dirais que les mots que tu as employés étaient sans doute au-delà de ta pensée, sans doute les siens aussi d'ailleurs, et que tu veux rester ici cette nuit pour faire redescendre un peu la pression accumulée, afin de pouvoir discuter calmement à ton retour.

_ Tu as sans doute raison, je peux appeler, ça ne te dérange pas ?

_ Mais non, vas-y, pendant ce temps je nous prépare un bon chocolat chaud, ok ?

_ T'es un ange.

Géraldine composa son numéro et Norbert décrocha presqu'aussitôt, il devait avoir la main sur le combiné. Ils échangèrent calmement et sereinement pendant presque une demi-heure. Une fois l'appel terminé, elle avait retrouvé ses esprits et elle me raconta un peu l'essentiel de la dispute et ce qu'ils venaient de se dire au téléphone. De mon côté, je n'entendais pas ce que lui répondait son mari, mais je savais que la tempête s'était apaisée et que le ciel bleu n'allait pas tarder à faire son apparition à nouveau. Au lieu de se jeter la faute, l'un, l'autre, ils étaient plutôt parvenus à s'excuser chacun plus que l'autre. En d'autres circonstances, cela aurait presque pu être comique. J'installais ma copine dans la chambre d'amis et lui proposait de prendre une bonne douche pendant que je m'affairerais aux fourneaux. Lorsque Robert entra ce soir-là, je lui glissais vite fait le topo dans le creux de l'oreille et il approuva ma décision sage et raisonnable.

Le lendemain matin, après un copieux petit-déjeuner et un début de farniente sur la terrasse, Géraldine rentrait chez elle, sereine et détendue, nous avions encore pas mal dédramatisé la situation pendant le repas la veille. Le surlendemain, on devait se retrouver chez elle et c'est avec un sourire radieux qu'elle m'ouvrit la porte.

_ Bonjour Cocotte, tu es radieuse, ça fait plaisir à voir.

_ Ouiii, figure-toi qu'on a bien discuté, il y avait effectivement pas mal d'incompris des deux côtés, des non-dits par pudeur, par bêtise à bien y réfléchir. On a finalement décidé de partir en voyage une semaine, cela nous fera le plus grand bien, et je pense que je me suis assez longtemps interdit d'être heureuse, il est temps que je prenne soin de moi, de nous.

_ Quelle merveilleuse nouvelle, j'en suis ravie. Vous avez une date, une destination ?

_ Oui ce sera l'Italie du Nord, Trieste, Venise, Florence, le lac de Garde, mais on ne sait pas encore quand, Norbert s'occupe de trouver le bon voyage au bon prix et s'arrangera pour sa semaine de congé. Il me tarde, cela va nous faire un bien fou, j'en suis certaine.

_ Oui c'est certain, un nouveau départ, je suis si contente pour toi.

_ Merci mille fois, tu es une amie si précieuse, notre soirée à discuter m'a ouvert les yeux comme jamais avant. Je me voilais la face, je me punissais aussi, je me suis toujours reproché mon inattention ce jour-là, bien que personne n'aurait sans doute pu éviter cela. Tu es tellement chère à mon cœur, je t'aime. Elle me serra si fort dans ses bras que j'avais du mal à respirer. J'étais tellement contente pour elle, pour eux. Cela me renvoyait malheureusement à comparer nos vies de couples respectives, et un grand malaise me pénétra. Je n'aurai pas cette chance moi, je n'avais rien à me reprocher et ce n'est pas là le cœur de mon problème. Je n'ai tout simplement pas abandonné l'idée que mon Jérôme me reviendrait un jour, je le sais, je le sens au plus profond de mes entrailles, et cela ne m'autorise pas à vivre dans la joie et l'allégresse. Si je ne me noie pas dans des pensées autres, et c'est en cela que j'ai besoin de la présence de cette amie qui me force à ne pas ruminer dans mon coin, je ne cesse de penser à mon petit, de l'imaginer grandir dans sa nouvelle vie. Je fais cela en boucle matin et soir dès que mon esprit est au repos, Jérôme est présent et bien présent. D'ailleurs, comment ferais-je une semaine sans Géraldine ? Rien que d'y penser, j'en ai des frissons, une semaine entière à ruminer mes idées noires, j'aimerais tellement partir avec eux…

Nous avions décidé que je les emmènerai à l'aéroport de Toulouse et que je reviendrai les chercher dans une semaine, cela afin d'éviter les frais de parking et puis ça me faisait plaisir d'accompagner mon amie. Il était tôt dans la matinée et nous avions pris un pied de pilote afin de nous affranchir des bouchons liés aux heures de bureau. C'est donc avec une bonne demi-heure d'avance sur notre prévision que nous arrivâmes au hall des départs. Après plusieurs embrassades, je me décidais enfin de la laisser partir vers sa semaine en amoureuse. Après un dernier signe de la main, je ne me sentais pas capable de la regarder partir jusqu'au dernier moment, les yeux commençaient à me picoter et je sentais tout mon corps qui voulait pleurer à chaudes larmes. Je devais me contenir jusqu'à la voiture, j'aurai le temps de me lâcher à ce moment-là. À peine arrivée dans la voiture, je fondis en larmes et il me fallut une bonne demi-heure pour reprendre le dessus. J'avais décidé d'imaginer son voyage comme si j'y étais afin de ne pas laisser trop de place à mes idées noires. Je rentrais tranquillement à la maison en regardant de temps en temps les avions qui décollaient, elle était peut-être dans celui-ci, ou celui-là ? Le trafic était encore bien dense et il me tardait d'arriver chez moi. Arrivée à la maison, j'allumais la télé, histoire d'avoir une compagnie, mais le zapping de chaîne en chaîne ne me laissa guère le choix. Le reportage sur la famine en Afrique n'avait vraiment rien pour me remonter le moral, je décidais donc d'ouvrir une bouteille de vin et de me servir un bon verre de bourgogne rouge, grand cru. Ce liquide liquoreux me faisait un bien fou, n'ayant pas trop déjeuné, les effets ne se firent pas trop attendre, une légère brume s'empara de mon cerveau, me plongeant dans une sorte d'état second. Le brouhaha de la télévision venait encore renforcer cette sensation de brouillard qui s'emparait de mon esprit. Sans m'en rendre compte, j'en étais déjà à mon troisième verre, il faut dire que ce vin était tout simplement sublime. Au bout d'un moment, je finis par sombrer dans un sommeil réparateur. C'est une sensation de faim qui me tira de cette petite sieste impromptue. Il était plus de 15 heures et j'avais dormi un bon moment, mais je me sentais bien, j'avais besoin de ça, je pense. Voyant le verre sur la table basse et la bouteille vide, je décidais d'en ouvrir une autre, je n'avais pas si faim que cela pensais-je. J'avais mis de la musique et essayais d'imaginer Géraldine à son arrivée en Italie. Je commençais à me faire mon film, sur fond de vin rouge succulent. Lorsque Robert rentra ce soir-là, il fut d'abord surpris d'entendre de la musique, c'est quelque chose que je ne faisais plus depuis longtemps, et plus encore de me trouver presque ivre. Il m'escorta jusqu'à la chambre et m'aida à me mettre au lit, puis je sombrais dans un sommeil profond presque instantanément. Le lendemain matin, je me sentais vasouillarde et avais la tête qui tournait dans tous les sens. Je savais bien, à quoi cela était dû, mais le fait d'avoir dormi sans avoir eu des idées noires, valait quand même le coup. La journée me paraissait déjà insurmontable, de savoir que je ne verrai pas Géraldine ne faisait que de me rajouter une dose de plus d'angoisse. Je décidais donc d'attaquer par une bière aromatisée à la tequila afin de retrouver rapidement un état euphorique et moins nauséeux. Je me vautrais dans le canapé avec la télé en fond sonore, sans vraiment prêter attention à ce qu'elle diffusait, avec une deuxième bière pour seule compagnie. L'alcool commençait à faire son effet, je me sentais bien comme si je planais, mais l'inconvénient s'était que les idées noires affluaient sans pouvoir y faire grand-chose. Je décidais alors que c'était sans doute à cause de la bière qui était trop peu alcoolisée et m'empressais de me servir une bonne rasade de whisky écossais pur malt. La première lampée me brûlait la langue, le palais et continuait son œuvre le long de l'œsophage, je pouvais suivre sa progression au fur et à mesure que la brûlure progressait dans mon corps jusqu'à l'estomac. Ce dernier était bien vide et je devais manger quelque chose histoire de ne pas me trouver encore ivre trop rapidement. Je n'avais pas vraiment faim, j'avalais rapidement une banane et me jetais ensuite sur un fond de glace au chocolat. Le reste de la matinée se terminait, la télé, mon verre d'alcool et la glace qui était quasiment finie. Je n'avais pas envie de sortir, mais encore moins de me faire à manger, rien que d'y penser, j'en avais des nausées. Je décidais alors de sortir manger dans un bistrot du coin. Le garçon m'apporta la carte et me demanda si je voulais un apéritif, ce à quoi je répondis par l'affirmative. En quelques minutes, je me retrouvais avec un Bourbon en main, ça faisait mieux qu'un whisky quand même, et j'attendais mon rumsteck avec ses frites qui n'allaient pas tarder selon le garçon. Il faut dire qu'il n'y avait pas grand monde ce midi et je pouvais imaginer que ce n'était pas la panique en cuisine. Je sirotais mon bourbon tranquillement quand le garçon m'emmena mon assiette qui débordait de frites. Je finissais mon verre d'un trait et demandais au garçon de m'apporter la carte des vins, après tout, je n'allais pas me laisser abattre. Renonçant à prendre une bouteille pour moi toute seule, je me rabattais sur une demi-bouteille de côte du Rhône, un Gigondas. Il me ramenait la bouteille illico presto, la débouchait et me servit une rasade pour le goûter. Je lui fis signe de la tête que tout était parfait, même si au passage, je le trouvai un peu charnu, mais c'était la propriété de ce vin, il n'avait absolument rien qui puisse me permettre de le refuser, loin de là. Un rapide coup d'œil à la bouteille me renseigna sur son degré d'alcool, il titrait à 13,5°. Je me forçais un peu à manger de la viande et des frites pour éponger un peu, car je sentais bien que mes joues devaient être rougeoyantes et je commençais à perdre un peu le contrôle. N'étant pas pressée, je me forçais à manger le plus possible, j'avais de plus en plus de difficultés à avaler mes pommes de terre, aussi une lampée de vin rouge aidait pas mal la descente. Cela faisait bien dix minutes que j'avais fini mon verre, je fis signe au garçon de m'apporter l'addition. Je lui laissais un bon pourboire et commençais à me diriger vers la sortie, non sans difficultés. Je trébuchais deux fois contre des tables pourtant pas dans mon chemin, j'en déduisis que je ne devais pas marcher très droit. Arrivée sur le trottoir, je prenais la direction pour rentrer à la maison, mais je me sentais de plus en plus mal. L'air extérieur, en même temps qu'il me faisait du bien, me faisait aussi me sentir de plus en plus mal. Je n'avais pas fait plus de cinquante mètres lorsque je me suis mise à vomir tout ce que j'avais ingurgité depuis le matin. J'avais un goût amer dans la bouche, ma tête tournait de plus en plus et je sentais le feu jaillir en moi un peu comme si on m'injectait directement whisky, bourbon et vin rouge dans les veines. En essayant de me redresser, mes jambes se dérobèrent et je perdis connaissance. J'étais comme dans un rêve, je planais allongée sur le dos, mes bras tressautaient de temps en temps. J'entendais des voix lointaines, presque comme des murmures et au loin une sirène. J'étais tellement fatiguée, que je ne résistais pas à l'appel de l'inconscient et retombais dans un semi-coma. Un bruit de porte métallique qui claque me fit sursauter. J'ouvrais un œil et me retrouvais nez à nez avec une jolie jeune femme brune qui me souriait gentiment, ou peut-être, rigolait-elle ? J'essayais de capter son regard, mais ma tête était si lourde que je n'arrivais pas à la centrer au-dessus de mes épaules. Lorsque j'y parvins, je voyais ses lèvres bouger. Il fallut encore un petit moment avant que des sons me parviennent distinctement, elle me disait de ne pas m'inquiéter, que je n'avais qu'à me reposer là un moment. Je ne me sentais pas bien du tout, et même si elle avait un regard doux et apaisant, je ne me sentais pas à mon aise.

_ Où suis-je ? Qui êtes-vous ? Je vous connais ?

_ Restez calme, reposez-vous un peu, je suis de la police, vous êtes en cellule de dégrisement, il ne peut rien vous arriver d'affreux maintenant, on vous a trouvée dans un coma éthylique sur la chaussée. Des passants ont appelé police secours et une ambulance vous a conduite ici au commissariat. Je m'appelle Claire, reposez-vous, je reviens vous surveiller de temps en temps il faut vous reposer d'accord ? Je grommelais quelque chose pouvant être une approbation et commençais à me coucher sur le côté, puis je repartis dans le monde des rêves. Je jouais avec Jérôme dans le jardin. On s'envoyait une balle jaune et verte et il rigolait à pleines dents. Il avait toujours cette petite mimique avant de shooter dans le ballon qui lui faisait fermer les yeux, comme pour envoyer encore plus de force dans son pied droit. Il lui arrivait souvent d'être emporté par son élan, ou que le ballon commence à avancer avec le vent et il se retrouvait les quatre fers en l'air. Après l'effort le réconfort, nous nous retrouvions sur la table de jardin, sirotant une grenadine à l'eau.

J'ai soif, qu'est-ce que j'ai soif. Il fait chaud ici et cette odeur, c'est insupportable.

Ces images joyeuses de ce bonheur partagé avec mon fils s'envolent et je n'arrive pas à les retenir, Jérôme disparaît peu à peu, au fur et à mesure qu'une voix familière arrive de plus en plus nette et raisonne dans ma tête.

_ Chérie, Chérie, c'est moi Robert, ça va ?

_ J'ouvre les yeux et je l'aperçois là devant moi, il a l'air contrarié, je dois avoir une sale mine. Je n'arrive pas à prononcer le moindre mot. J'ai honte de moi, j'aimerais être une souris et m'échapper par le moindre petit trou dans le mur pour me trouver une cachette sûre et réconfortante.

_ Comment, tu vas ? Me demande-t-il en m'aidant à me redresser sur la paillasse. Je reste là ; immobile, le regard dans le vide. Je me déteste et j'aimerais me téléporter ailleurs, je me sens agressée par une culpabilité énorme qui vient s'écraser sur mes épaules. Il m'aide à me mettre sur mes jambes et nous nous dirigeons vers le couloir pour enfin arriver dans le hall du commissariat. J'ai l'impression que tout le monde me regarde comme une bête fauve dans un zoo. Il me fait entrer dans la voiture et nous ramène à la maison. Il me pose encore quelques questions anodines et gentilles pour meubler ce silence pesant qui règne dans cet habitacle, mais je n'arrive pas à parler, mes lèvres sont soudées. Je me sens laide, sale et je suis certaine de sentir mauvais, je n'ai qu'une hâte une fois arrivée chez moi, c'est de passer sous la douche.

L'eau qui me coule dessus est comme un purificateur, je sens petit à petit cette crasse qui coule pour s'échapper au fond des tuyaux d'évacuation. Et je reste longtemps sous cette pluie régénératrice, mais cela n'enlève en rien la honte et la culpabilité d'avoir passé une nuit en cellule de dégrisement. Le simple fait de m'imaginer devant Hugues et Germaine me fit fondre en larmes. Comment avais-je pu tomber si bas. Je n'arrivais plus à imaginer le voyage fabuleux que Géraldine était en train de faire, cela me faisait encore plus souffrir et je me languissais qu'elle revienne vite afin de pouvoir reprendre notre vie d'avant. Mais quelle vie en fait, à quoi ressemblait ma vie aujourd'hui. Où était la Sylvie joyeuse enjouée que j'avais toujours été ? La semaine continua aussi morose et glauque qu'elle avait commencé, j'ai maintenu un état d'ébriété calculé et maîtrisé, il n'était plus question de tomber dans un coma, plus jamais. Je restais dans un état de végétation où mes idées ne prenaient pas le temps de s'imprimer, une chassant l'autre, toutes aussi minables et horribles les unes que les autres, mais au fil des heures, les journées passaient. Nous n'avions pas vraiment eu d'explication avec Robert, j'avais juste réussi le lendemain à lui glisser un « je m'excuse » pour la honte et le mal que je t'ai fait ainsi qu'à la famille et il m'avait assuré que personne n'avait été au courant. Même à son travail, quand il avait prévenu qu'il arriverait plus tard, il avait parlé d'une chute et qu'il me ramenait à la maison en sécurité, sans expliquer les vraies raisons de cette chute. Et quelle chute ! Je l'avais remercié et lui avait demandé de ne plus en parler. Il m'avait demandé en échange de ne plus boire comme ça, et je le lui avais promis, mais dans mon esprit, il était clair que je ne promettais pas de ne plus boire, mais plus au point d'en arriver là, plus comme ça comme il l'avait demandé. Nous avions vu la famille deux fois en fin de semaine, et même si je savais qu'ils ne savaient pas, je n'arrivais pas à faire comme si. Je me sentais salie et impropre et je sentais qu'ils m'observaient comme si je n'étais plus la même. En fait, c'était bien cela, je n'étais plus la même bien entendu, j'avais cet état second qui ne me permettait plus d'être naturelle. Souvent, il me fallait un moment pour comprendre qu'on m'avait posé une question et pour que j'y réponde. Ils avaient dû remarquer aussi que je picolais beaucoup plus qu'avant, je ne devais pas baisser la garde et laisser mon état de lucidité reprendre le dessus, pas ici je ne saurais pas le gérer. La personne qui m'a le plus dérangé ces jours-là, était Marcel mon beau-frère. Il m'observait plus intensément que les autres. J'avais parfois l'impression qu'il essayait de me dire quelque chose du regard, il y avait un mélange de tristesse et de frayeur dans son regard. Je commençais à me sentir mal à l'aise, aurait-il pu savoir ce qu'il s'était passé ? Pourquoi je ne me sentais pas bien en sa présence, une sorte de sixième sens m'alertait qu'il y avait quelque chose qui ne tournait pas rond avec lui, mais quoi ? Et puis Géraldine revint enfin de son périple italien. Nous devions nous retrouver au centre commercial, et dieu sait que la journée ne serait pas assez longue pour tout se raconter, cette semaine m'avait parue une éternité. Elle était belle, radieuse et bronzée. Elle me raconta qu'ils avaient eu du très beau temps et qu'ils avaient mangé en terrasse presque à chaque fois. Ils avaient même passé une après-midi entière à la plage et s'étaient baignés. Puis elle retraça chronologiquement leur voyage, je l'écoutais envieuse et un peu jalouse tellement elle racontait cela avec passion et plaisir. Je la trouvais même changée, ce n'était plus la Géraldine que j'avais connue. Tout en écoutant son bonheur à nouveau retrouvé, je me disais que je ne lui raconterais rien de ce qui s'était passé ici. C'était aux antipodes de ce qu'elle avait vécu et elle n'avait même pas idée que cela pouvait m'arriver, j'en suis sûre, à quoi bon. Les jours s'étaient bien allongés et il faisait beau depuis pas mal de temps maintenant, on peut dire que c'était un joli mois de mai, et la routine s'était réinstallée. Pas totalement la même, non, Géraldine était de plus en plus distante et je n'arrivais pas à me faire à son changement depuis l'Italie. Une partie de moi était contente pour elle, jalouse même de ce bonheur qu'elle affichait jusqu'au bout des ongles. L'autre partie lui en voulait de ne pas s'apercevoir que j'étais dans un tel état de tristesse que j'avais besoin de notre complicité d'avant pour arriver à surmonter mon mal-être. Il lui arrivait de temps en temps d'annuler nos rencontres pour des prétextes plus ou moins sérieux et sans doute pas réels, je pense qu'elle me fuyait comme si le malheur que je traînais pouvait être contagieux. Je compensais bien évidemment toutes ses contrariétés par des doses d'alcool plus conséquentes, mais en veillant toujours à ne pas dépasser un certain seuil, aucun risque de me retrouver dans un coma ne m'était permis. En ce beau samedi matin, j'étais tranquillement sous la douche et me rappelais l'excellente nuit que ne venions de passer Robert et moi. Il m'avait fait l'amour comme aux premiers temps, j'étais si heureuse dans ses bras et j'avais vraiment l'espace d'un moment oublié toute cette misère en moi pour me consacrer au bonheur d'être dans ses bras. C'était aussi la première fois qu'à mon réveil, mon cerveau était resté branché sur le bonheur de cette nuit. Habituellement, le matin venu, il reprenait le mode routine banale avec idées noires et envie de rien. Mais là, non, c'était très agréable et perturbant à la fois. Je décidais de me faire belle et passais un bon moment devant ma glace à mettre de l'ordre dans ma chevelure et me maquiller comme je le faisais avant. Je cherchais dans mon armoire de toilette une broche à mettre sur mon joli chemisier printanier, quand tomber sur une boite de tampon me fit sursauter. Depuis quand je n'avais pas eu mes règles ? Je n'arrivais pas à m'en souvenir. Mais j'étais certaine que ça remontait à quelques semaines, quelques mois peut-être ? J'avais pris un peu de poids, c'est vrai, mais bon l'alcool n'y était sans doute pas pour rien. J'avais bien quelques nausées matinales, mais c'était toujours la faute à ce que j'ingurgitais, c'est certain. Pourtant, cette inquiétude grandissante ne me lâchait pas d'un pouce. Dans l'après-midi, je décidais d'appeler ma gynécologue pour un examen, ça ne pouvait pas faire de mal, depuis le temps. Les rendez-vous étaient normalement longs à obtenir, j'ai eu semble-t-il de la chance, un rendez-vous venait juste d'être annulé l'appel d'avant le mien pour le lundi en 15 le matin à 10 heures. Je sautais sur l'occasion de griller la file d'attente si je puis dire. J'avais une prise de sang ainsi qu'une analyse d'urines à faire dans la semaine, les résultats seraient envoyés directement au cabinet. Ce lundi matin, me voilà allongée sur la table d'examen attendant qu'elle me dise ce qu'il se passait. J'avais dans la famille une grande tante qui avait eu sa ménopause très jeune, je ne m'attendais pas à cela à 30 ans, mais je ne le redoutais pas non plus. À la façon dont elle me posait ses questions, je sentais que cela n'allait pas comme elle le voulait, ou bien, je me faisais des idées. Lorsqu'elle m'annonça l'impensable, je suis restée, figée comme une statue de marbre. Enceinte ? Il y avait forcément une erreur. Ce n'était pas possible. Je ne voulais pas être enceinte. Les analyses et l'échographie ne laissaient aucune place au doute, j'avais bien un enfant en moi depuis cinq mois et demi d'après ses estimations. Elle était plus mal en point que moi maintenant, ne comprenant pas mon attitude. Elle essayait de sonder le pourquoi, je n'explosais pas de joie comme normalement les mamans à qui on annonce cet heureux évènement. Elle savait aussi ce dont il m'était arrivé avec l'enlèvement de Jérôme et avait sans doute pensé que cela viendrait alléger la peine. C'était trop dur pour moi, la pilule était dure à avaler, je ne voulais pas être enceinte, je ne veux pas m'occuper d'un enfant, je n'en serai pas capable, je vois bien que je suis une mauvaise mère avec Jules, pourquoi ferais-je souffrir un autre enfant ? Je lui expliquais que cette nouvelle était tellement bouleversante et inattendue que je ne savais pas trop comment l'accueillir et je rentrais chez moi. Pas directement, je m'arrêtais dans un bistrot en chemin pour m'enfiler deux whiskies, il me fallait bien ça pour arriver à avaler la pilule. Je ne comprenais toujours pas comment j'avais pu être aussi négligente et imprudente, certes, nous ne faisions pas l'amour tous les soirs, mais ne prenant pas de moyen de contraception, car cela m'était complètement sorti de l'esprit, il y avait quand même de forte probabilité qu'une telle situation arrive. Je redoutais l'attitude de Robert en apprenant cela, il serait sans doute ravi lui d'avoir un autre fils et sans doute furieux contre moi de ne pas avoir pris soin de lui pendant tout ce temps. Ou d'elle, ce serait peut-être une petite fille. Rien que d'y penser, j'en avais la chair de poule, je ne me sentais pas capable de m'occuper d'un autre enfant et encore moins d'une fille. Pas maintenant. J'avais rêvé pour ma seconde grossesse d'avoir une petite fille même si la venue de Jérôme fut aussi une grande joie, à cette époque-là, j'étais prête à avoir une petite fille. Mais pas aujourd'hui, je n'arrivais déjà pas à m'occuper de moi, encore moins de Jules et de mon mari, comment allais-je faire avec un bébé ?

Lorsque Robert rentra ce soir-là, Jules était dans son bain et j'étais assise sur le canapé à l'attendre. Lorsqu'il s'approcha de moi pour me faire la bise et me dire bonsoir, je lui posais la main sur l'épaule et lui demandais de s'asseoir à côté de moi, car j'avais quelque chose d'important à lui dire. Son visage s'obscurcit aussitôt, mon ton calme et froid lui laissait penser que j'avais une mauvaise nouvelle à lui annoncer et il devait redouter le pire.

_ J'ai été voir ma gynécologue aujourd'hui, lui dis-je en préambule, et elle m'a annoncé quelque chose de terrible.

_ Qu'est-ce qu'il y a, tu es malade ? C'est grave ?

_ Non pire que ça. Il se demandait ce qui pouvait bien être pire que la maladie ?

_ J'attends un enfant. Robert resta bouche bée, il attendait autre chose, mais rien de plus ne sortait de sa bouche. Comme il restait comme ça tous les deux à se regarder dans les yeux dans le plus angoissant des silences, Sylvie poursuivit.

_Je serai enceinte depuis cinq mois et demi, paraît-il, je ne comprends pas comment s'est possible...

_ Mais c'est magnifique, pourquoi est-ce terrible ? L'enfant ne se porte pas bien, c'est ça ? Robert ne comprenait pas l'association de grossesse et de nouvelle terrible.

_ Non tout va bien là-dessus, c'est juste que nous n'en voulons pas de cet enfant, ça arrive mal. Robert fronça les sourcils et le volume augmenta d'un seul coup.

_ Comment ça on n'en veut pas ? Bien sûr que si, un autre enfant, c'est une chance inouïe, tu te rends compte ? C'est un cadeau de la vie, il faut savoir encaisser les coups, mais aussi prendre tout le bon que la vie nous offre, non ?

_ Mais un bébé, maintenant, comment veux-tu que je fasse ? Je n'ai pas la tête à ça et…

_ Tu vas arrêter net la boisson déjà, en espérant que ce ne soit pas trop tard coupât il, et reprendre ta vie en main, tu me disais l'autre jour que c'est ce que faisait Géraldine, il est temps pour toi aussi de tourner la page et de te reprendre en main maintenant, c'est un message qu'on nous envoie. Il faut saisir cette chance.

Le lendemain, nous nous retrouvions tous chez Germaine autour d'un bon repas en l'honneur de cette merveilleuse nouvelle. J'aurai donné toutes mes richesses, peu nombreuses certes, mais quand même, pour ne pas être là, pour que mon esprit s'en aille voguer dans d'autres contrées. Hélas, je ne pouvais pas compter sur le moindre petit verre de rouge pour m'aider à partir. C'était assez étrange de me retrouver là, autour de la famille et de les voir tous heureux au possible. Ils chahutaient, riaient, chantaient. Que de joie dans cette tablée, à l'exception de Marcel qui était plus triste que moi presque et qui visiblement ne partageait pas leur bonheur, allez savoir pourquoi ? Il n'était pas non plus solidaire de mon chagrin intérieur, il ne m'avait même pas regardée de toute la soirée, pourtant, je m'étais préparée et maquillée pour l'occasion, une vraie poupée Barbie. Ce repas était interminable, je n'avais qu'une envie, c'était de me retrouver dans mon lit, loin de cette effervescence. Les semaines suivantes, j'avais diminué ma consommation, mais ne pouvais me résoudre à arrêter de boire, comme me le demandait sans arrêt Robert, parfois en haussant le ton. Il me criait dessus que j'allais lui faire un mongolien. Et alors, de toute façon, je n'en voulais pas de cet enfant, alors mongolien ou pas, ce serait son problème pas le mien. J'avais conscience que j'étais complètement barge de raisonner comme ça mais au fond de moi je n'arrivais pas à penser autrement, je crois que c'était mon assurance-vie, histoire de ne pas succomber aux sirènes qui me chantaient aux oreilles que ma vie était minable et que je ferais mieux de me foutre en l'air, ça éviterait de la peine à plein de monde. Si seulement j'avais eu la certitude que Jérôme était mort, je pense que je l'aurais fait pour le rejoindre au plus vite, mais j'avais ancré en moi l'idée qu'il était en vie et qu'on se retrouverait un jour, ça ne pouvait pas être autrement. L'échographie des six mois rassura Robert sur le parfait état de santé de sa fille. Une fille en plus, comme si cela n'était déjà pas assez pénible comme ça, le sort s'acharnait contre moi. J'en avais parlé avec Géraldine bien sûr et elle désapprouvait totalement mon point de vue. Elle ne comprenait pas que je ne saisisse pas l'opportunité que la vie me donnait de tourner la page et de repartir de plus belle. Comme Robert, tourner la page, mais qu'est-ce que c'est qu'ils n'ont pas compris ? Tourner la page, c'est-à-dire faire comme si rien ne s'était passé, c'est ça ? Abandonner une deuxième fois mon fils ? Lorsqu'ils me disent tourner la page, mon cerveau interprète cela en « tourner le dos à Jérôme ». Mais c'est absolument au-dessus de mes forces, comment ne le comprennent-ils pas ? Nous mettions de plus en plus de distance entre nous et le peu de fois où l'on se retrouvait avec Géraldine était pour du shopping et on se gardait bien d'aborder le sujet de ma grossesse bien entendu. Je me sentais de plus en plus fatiguée et sortait de moins en moins, du coup, elle venait de temps en temps prendre une tasse de thé avec moi pour papoter un peu. Je me gardais bien durant ce moment-là de boire mon verre de rouge, car j'aurai eu affaire aux mêmes sermons qu'avec Robert, ils étaient faits pour s'entendre tous les deux ! L'accouchement ne s'était pas trop mal passé, Robert avait choisi le prénom, Marie. Cela m'était complètement égal, lui au contraire était ravi, aux anges d'être le papa d'une petite fille. Les dernières semaines avaient été particulièrement difficiles et je n'avais pas une santé de fer aussi quand le docteur me proposa de rester dix jours à me reposer, pendant que Germaine et Robert s'occuperait de la logistique avec le bébé, j'ai sauté sur l'occasion. La seule chose qui allait me manquer, c'étaient mes petites doses d'alcool quotidiennes. J'avais un jeune infirmier qui était charmant comme tout et qui aimait bien discuter un peu. Dans une discussion on vint à parler de boisson, et là, je lui lâche que je donnerai père et mère pour une bonne bouteille de vin, juste pour retrouver le plaisir d'une bonne dégustation, j'aimais tellement ça avant et là d'avoir été obligée de ne rien boire pendant neuf mois (à mentir autant y mettre le paquet), je me damnerais pour ça. Il me rétorqua que j'aurai bien le temps une fois sortie et requinquée de profiter comme avant. Peine perdue, mais je tentais la même approche avec un agent de propreté qui nettoyait la chambre et là, j'avais eu un meilleur accueil. Il me rapporta l'après-midi entre deux nettoyages une bonne bouteille de bourgogne. Je lui laissais un bon pourboire, il fallait encourager une si belle coopération. Ne voulant pas me faire attraper en flagrant délit, je ne me servais que des petits fonds de verre, je cachais la bouteille bien au fond du placard et allais rincer le verre dès que j'avais ingurgité cette lampée qui, la clandestinité lui augmentant d'autant son intérêt, était un pur bonheur que je savourais paisiblement allongée sur le lit à regarder des émissions télé totalement abrutissantes. Je ne pouvais pas me l'expliquer, et je ne le cherchais pas non plus, mais je n'avais aucune sorte de lien avec cette petite fille que je venais de mettre au monde. Les gens qui adoptent un enfant, même si celui-ci n'est pas réellement leur enfant biologique, ont tellement d'amour pour lui qu'ils comblent cette absence de lien génétique. Dans mon cas, c'était presque l'inverse, le lien génétique existait bien, mais c'est l'amour inconditionnel qui manquait. Je n'aurais pas pu lui faire de mal et n'en avais pas l'intention, mais en retour, il ne fallait pas qu'elle s'attende à de l'amour maternel, cela m'était impossible, enfin du moins pour le moment. Peut-être qu'une fois toutes les deux coincées à la maison, on apprendrait à se rapprocher ? Mais je savais au fond de moi que ce serait long, très long. Sous prétexte de ne pas trop nous déranger, Géraldine passait de moins en moins à la maison et comme nous n'allions plus au groupe de parole, nous nous éloignions doucement, mais sûrement l'une de l'autre. Une fois de retour à la maison, ma consommation d'alcool diminua, sans toutefois tomber à zéro. J'avais adapté les prises tout au long de la journée pour être dans un état planant toute la journée, sans jamais sombrer dans l'excès qui aurait pu mettre en danger la vie de Marie. Je n'avais plus aucun plaisir dans ma vie, je sombrais peu à peu dans une déprime chronique et n'arrivais même plus à faire bonne figure devant Robert et la famille. Je sentais bien que la famille se faisait beaucoup de soucis pour moi, et pour Marie aussi par ricochet, mais Robert lui glissait peu à peu dans les reproches, surtout vis-à-vis de mon manque d'entrain vis-à-vis de notre fille. Nous ne faisions plus l'amour non plus et cela commençait sans doute à lui peser aussi.

La descente en enfer, septembre 1993, le drame

Marcel était tout excité, il avait réussi à cumuler des congés avec le pont de l'ascension pour rejoindre Stéphanie. Elle aussi était toute contente de savoir que Marcel allait les rejoindre pour une semaine entière, elle avait plein de coin à lui montrer et avait préparé tout un programme. Ils n'allaient pas s'ennuyer un instant, elle espérait juste que la météo soit de la partie. Stéphanie était dans le hall des arrivées à l'aéroport de Nantes et Gérard qui s'était endormi dans la voiture, dormait toujours dans sa poussette. Elle avait réussi à le passer du siège auto à la poussette sans qu'il ne se réveille, il lui faudrait rééditer l'exploit en sens inverse d'ici peu de temps. Marcel arriva tout sourire et Stéphanie lui sauta au coup, visiblement elle était la plus heureuse des femmes et cela lui allait bien. C'était bien la seule bouffée d'oxygène que Marcel pouvait revendiquer. Tout le reste n'était que fiasco et décrépitude. Robert était de plus en plus taciturne, Sylvie n'était plus qu'une ombre, un zombie et Jules n'était plus trop proche de sa mère. Marie était totalement délaissée, et même si ses parents ne disaient rien, Marcel sentait bien qu'ils étaient dévastés par la situation, Germaine prenait aussi souvent que Possible Jules et Marie, pour le plus grand bonheur de Sylvie. Mais s'occuper des deux ainsi que de Martine commençait à être un brin fatigant et cela commençait à se voir, elle avait souvent les traits tirés. Ils restèrent un moment, enlacés comme ça dans le hall puis allèrent au parking reprendre la voiture. Ce coup-ci Gérard s'était réveillé lors du transfert, mais avec une petite gorgée d'eau dans son bibi, celui-ci s'était rendormi tout de suite. Sur la route, Stéphanie lui raconta toutes les dernières nouvelles avec un flot et un débit qui commençait à lui faire mal aux oreilles, elle était limite hystérique tellement elle était joyeuse de sa nouvelle vie. Elle lui avait préparé sa chambre, avait posé un petit vase sur la table de chevet avec des fleurs du jardin fraîchement coupées et avait parfumé la chambre avec une brume d'orient tout à fait enivrante. Après un bon petit repas que lui avait concocté Stéphanie, il partit se coucher afin de récupérer un peu, sa semaine de travail ayant été particulièrement pénible. Les jours suivants, sous un soleil radieux, elle lui fit découvrir sa nouvelle région qu'elle adorait. Elle s'était fait des connaissances dans le village et aux alentours de la maison, son voisinage était vraiment chouette, mais elle ne franchissait pas une certaine limite. Ce n'était pas de la crainte, mais elle avait l'impression qu'une intrusion dans sa nouvelle complicité avec son enfant lui enlèverait forcément un peu de bonheur et elle voulait vivre celui-ci à 200 %. Marcel était vraiment satisfait de voir comme cela avait changé sa vie. D'une certaine manière, il se persuadait qu'il lui avait sauvé la vie, même si rien ne prouve qu'elle se soit vraiment suicidée comme elle lui avait dit qu'elle le ferait après la mort de Patrick. Dans tout le poids de négativité que Marcel accumulait depuis ce jour-là, et même avant depuis sa plus tendre enfance, cela était le seul contre poids positif. Mais cela ne pesait pas suffisamment dans la balance. La semaine passa très vite, le programme chargé qu'avait préparé Stéphanie y étant pour beaucoup. Marcel n'avait pas vraiment eu le loisir de se reposer, il avait une accumulation de fatigue qui pesait sur ses épaules, mais il n'avait pas voulu mettre la moindre ombre dans l'enthousiasme qu'elle avait à lui faire découvrir tout ce qui enchantait sa vie d'aujourd'hui. La séparation à l'aéroport fut difficile, Stéphanie n'avait pu s'empêcher de pleurer à l'idée de laisser partir son ami. Elle l'étreignait très fort et à plusieurs reprises à lui couper le souffle. Elle lui donna un dernier baiser tendre sur la joue et le front avant de le laisser enfin s'éloigner vers la file d'attente du contrôle. Il ne se retournait pas comme il lui avait dit, car cela serait au-dessus de ses forces. Malgré cela, elle resta jusqu'à ce qu'il disparaisse totalement, espérant qu'au dernier moment, elle puisse encore lui envoyer un baiser de la main. Marcel ne pouvait plus s'arrêter de pleurer depuis le dernier baiser. Il avait voulu se retourner, mais il s'était abstenu, il ne voulait pas être vu en train de pleurer, même si de loin ce n'était pas sûr qu'elle le vît, mais il ne préférait pas courir le risque qu'elle reste sur une image triste. Pas après le bonheur qu'elle avait eu pendant cette semaine inoubliable qu'ils venaient de passer. Le vol retour fut très pénible pour Marcel, il n'arrêtait pas de se repasser en boucle idées noires sur idées noires. Ce retour était l'occasion de faire le bilan de sa vie. Il n'avait pas eu de chance, se disait-il, peut-être qu'il n'avait pas choisi la bonne famille, le bon endroit, le bon moment. Il avait lu quelque part que les enfants avant de se réincarner choisissaient leur famille en fonction des épreuves qu'ils allaient passer afin d'améliorer leur karma. Depuis ce jour-là, pas une journée ne se passait sans qu'il se répète qu'il avait dû se tromper quelque part. Il avait beau se poser des questions sur ce qu'il devait comprendre ou améliorer dans cette vie-ci, rien n'y faisait, c'était une erreur d'aiguillage à coup sûr. Quelque chose dans l'horloge cosmique avait merdé, il ne savait pas où, mais cette vie ne lui appartenait pas, il ne s'était jamais senti aimé ni à sa place dans cette famille. De plus avec son geste effroyable qui avait foutu en l'air la vie de son frère et de sa belle-sœur, avec des impacts collatéraux sur ses propres parents aussi et les enfants, cela était trop lourd à porter. Sa décision était prise, il fallait en finir avec ça. Il s'était imaginé un temps que Stéphanie aurait besoin toujours de lui à ses côtés, mais là, il en était certain depuis cette semaine, elle avait pris son envol, et même si elle avait une très grande affection pour lui, un peu comme une sœur, elle pourrait se passer de lui sans problème. Elle était si rayonnante, qu'elle attirerait à elle la bonne personne, sans aucun doute et ils reformeraient une famille formidable. La déprime avait laissé place petit à petit, à de la détermination. Il fallait à présent mettre en œuvre son plan de sortie. Il avait lu que les hommes préféraient les armes à feu et la pendaison, là où les femmes, elles, privilégiaient les médicaments ou les veines tailladées. Pour lui, l'arme à feu était impossible. Premièrement, il n'en possédait pas ni personne dans la famille et il ne se voyait pas aller en acheter une sous le manteau. La pendaison était tout aussi exclue, cela resterait gravé dans la mémoire des personnes plus longtemps et plus violemment aussi, il opta pour un cocktail médicamenteux, qui lui serait le moyen le plus facile et accessible sans effort grâce à son métier. Il entama donc sa collecte, discrètement petit à petit afin de ne pas éveiller de soupçons. La date était aussi fixée, ce serait le lundi de pentecôte, le 31 mai dernier jour du mois de mai, dernier jour tout court. Le dimanche 30 mai, il mettait de l'ordre dans ses papiers, il n'y avait pas grand-chose qu'il puisse faire tellement sa vie n'était pas importante, cela fut vite régler. Il n'avait pas beaucoup d'économies et avait fait quelques virements à Stéphanie pour l'aider dans son nouveau départ, c'était lui avait-il dit sa compensation pour le petit Gérard, même si celui-ci n'en saurait jamais rien. Puis il rédigea une lettre à Stéphanie, cela lui prit toute la journée et il y était revenu à plusieurs reprises.

Ma très chère Stéphanie,

Je t'écris aujourd'hui d'une manière différente des autres fois. Je désire ouvrir mon cœur au plus profond, car tu es de loin l'être qui compte le plus pour moi. Je ne suis pas un expert en la matière, nous en avions parfois discuté ensemble, et ne saurais jamais si ce que j'éprouve pour toi était de l'amour ou bien autre chose. Quelle importance après tout. Une chose est certaine, tu es celle qui a le plus compté pour moi, ton bonheur était mon seul objectif de vie et cette semaine, passée auprès de toi, m'a conforté dans l'idée que le but était atteint. Tu étais si rayonnante et joyeuse, j'en suis tellement fier et content pour toi, pour vous. Je ne pense pas être médium ni voyant, pourtant tout ce que j'avais vu te concernant, c'est réalisé exactement comme je l'avais prédit au fond de moi. Je te livre ici la suite de mes « visions ». Tu vas rencontrer quelqu'un de bien qui aura lui aussi perdu un être cher, sa femme adorée. Il est seul depuis assez longtemps, car il s'est refusé, depuis lors, le bonheur et s'est consacré essentiellement à l'éducation de son enfant. Votre rencontre sera une évidence physique en premier lieu, mais rapidement vous apprendrez à vous connaître et une autre évidence viendra vous combler de joie, vous serez des âmes-sœurs. Ceci est plus qu'une conviction aujourd'hui, c'est ton chemin de vie, j'en suis certain et surtout, j'en suis soulagé. Mon objectif est rempli et bien rempli. Je suis donc arrivé au bout de mon échéance de vie, comme tu le sais, je ne sais pas pourquoi je suis venu dans cette vie, dans cette famille où je n'ai jamais eu ma place et il est temps pour moi de rejoindre mon destin. Je sais bien que ce que je te demande est impossible, néanmoins, je te demande de ne pas être trop triste, ne me pleure pas de trop. Sache que cette décision me procure autant de joie au fond de moi que celle que j'ai prise lorsque je t'ai donné un enfant. Pour ma famille, je suis certain que cela ne changera pas grand-chose, pour moi en revanche, c'est une délivrance, un renouveau. Ta rencontre avec le grand amour ne tardera pas, aussi garde un beau et bon souvenir de moi, cette semaine que nous avons passée ensemble ne pouvait être meilleure, grâce à toi, nous avons vécu une semaine inoubliable de joie et de complicité fabuleuse. Ne garde que ça en toi, raccroche-toi à cela et ne pense pas à mon absence, car comme je te l'ai dit, quelqu'un va bientôt combler ce vide et tu dois être joyeuse comme tu l'as été durant notre dernière rencontre pour que le charme agisse sur lui. Si je devais te demander une chose en retour, et dieu sait que tu me l'as posé mille fois cette question : « Que puis-je faire en retour par rapport à tout ce que tu as fait pour moi ? » Je n'ai jamais répondu ouvertement à la question essayant d'être le plus fuyant possible. Aujourd'hui je te demande cela comme ton service en retour, un immense service. Ne sois pas triste et gardes en mémoire notre semaine. Aussi longtemps que tu pourras, imagine que dans quelque temps, je remonterai passer une aussi belle semaine avec toi et chasse de ton esprit mon départ demain. Je partirai moi aussi avec dans les yeux et dans le cœur cette semaine enchanteresse et ton baiser de départ, j'ai toujours ton parfum en mémoire et il ne me quitte jamais, il est comme ancré dans mes narines, n'importe quelle inspiration que je fais est emplie de ton parfum de déesse.

Je t'aime ma Stéphanie chérie.

Marcel

Je sortais rapidement poster cette lettre dans la boite au bas de la rue, elle partirait mardi matin et Stéphanie la recevrait sans doute le jeudi suivant. J'avais eu du mal à écrire cette lettre et cela m'avait pris beaucoup de temps. Il était deux heures du matin et je commençais à sentir mes paupières lourdes. Je commençais donc par m'envoyer un grand verre de vodka bien fraîche que j'avais mise au frigo depuis deux jours. Puis un autre, un autre et au quatrième verre, je l'accompagnais de ma poignée de médocs, choisis spécialement pour l'occasion, un cocktail détonnant, pour un départ fulgurant. Le lendemain matin, lundi 31 mai 1993 étant un jour férié, Germaine ne s'inquiéta pas plus que ça de ne pas me voir descendre de ma chambre. Je n'étais pas du genre à me lever tôt lorsque je ne travaillais pas. Elle monta tout de même vers 13 heures 30 afin de savoir si je comptais manger un bout. Comme elle n'arrivait pas à me réveiller elle appela mon père qui en entrant dans la chambre et en apercevant la bouteille de vodka au ¾ vide, pensa aussitôt que je m'étais bourré la veille au soir. Il me secouait fortement comme un prunier et fut pris de panique soudain en voyant que je ne réagissais pas. Germaine avait fait deux pas de côté pour voir mon visage et avait mis sa main devant sa bouche, elle avait compris ce que mon père confirmait en tâtant mon pouls au niveau de la carotide. Il laissa ma mère tomber sur ses genoux en larmes pour descendre quatre à quatre les marches et appeler une ambulance. Lorsque les pompiers arrivèrent sur place, ils confirmèrent qu'il n'y avait plus rien à faire depuis des heures au moins pour répondre aux reproches que se faisait Germaine sur le fait qu'elle ne soit pas montée plus tôt. Toute la famille fut réunie ce soir-là autour de mes parents, ils étaient tous dévastés par ce tragique évènement, auquel personne ne s'attendait. Comment auraient-ils pu penser à cela, ils s'intéressaient si peu à moi, à ma vie, à ma souffrance. La messe était dite, fin du chapitre. Les obsèques eurent lieu le vendredi seulement à cause d'une petite enquête de police, c'était normal en cas de suicide dirent les policiers chargés de l'affaire. Il n'y avait pas grand monde autour de mes parents et elle était là un peu en retrait, tout en noir, avec un voilage devant ses yeux rougis par des heures de pleurs. Elle avait reçu la lettre le mercredi midi et s'était empressée de se renseigner sur les obsèques, pensant qu'elles auraient eu lieu le mercredi ou jeudi au plus tard. Le fait que ce soit prévu pour le vendredi lui avait permis de demander à une voisine, dont le fils allait à l'école avec Gérard, si elle pouvait le lui laisser pour la nuit du jeudi soir, jusqu'au vendredi après-midi qu'elle rentre de Toulouse. Stéphanie avait été dévastée par cette lettre, elle était à mille lieues de penser que cela puisse arriver. La semaine passée ensemble avait été si fabuleuse, si agréable. Ils savaient tous les deux que cela ne se transformerait jamais en une relation amoureuse, mais elle l'aimait très fort, comme une grande sœur aime son petit frère. Il lui avait tellement donné, qu'elle avait eu l'espoir de lui rendre au centuple, elle n'en aurait plus l'occasion hélas.

Germaine avait bien vu cette jeune femme en retrait et avait pensé à une amie de son fils ou peut-être plus. Il était tellement fermé et renfermé qu'elle ne savait pas grand-chose sur sa vie, et encore moins sa vie amoureuse. En avait-il eu une seulement ? Marcel avait toujours été une déception pour elle, se demandant sans cesse qu'est-ce qu'elle avait raté avec lui et pourquoi était-il si différent de Franck ou de Robert ? Elle n'avait jamais fait de favoritisme, elle les aimait tous pareil, même Martine qui arriva par surprise, alors qu'elle ne voulait plus spécialement d'enfant, avait été accueillie et élevée comme ses frères, dans le même cocon d'amour et d'attention. Une maman se pose toute sa vie ce genre de questions : « Ai-je été une bonne mère ? N'étais-je pas trop ceci ? Pas assez cela ? »

Martine, comme si elle l'avait sentie réclama les bras de sa mère pour un câlin, c'est vrai qu'elle avait cette chance d'avoir cette petite fille qui allait lui occuper l'esprit pour passer ce cap difficile pour une mère ; devoir accompagner son fils dans sa dernière demeure. L'ordre des choses n'était pas ainsi programmé, il devait y avoir une erreur quelque part.

Franck et Sandrine (1998)

Franck avait été bouleversé et dévasté par le suicide de son frère, et Sandrine s'était rapprochée de lui en mettant ses activités extra-conjugales en sourdine. C'était une belle jeune femme, fraîche et dynamique qui, approchant de la trentaine, aurait dû être au sommet de son charme et de sa complète réalisation. Au lieu de ça, sans raison apparente, l'approche de la trentaine lui avait cassé pas mal de ses envies, de son goût pour la « chasse à l'homme » comme elle aimait l'appeler. Elle n'avait jamais envisagé jusque-là d'être maman et n'avait même jamais imaginé fonder une famille avec Franck, mais cependant de plus en plus de ses amies et de son entourage avaient basculé dans la maternité. Les premières fois où elle avait eu ce genre de questionnement sur le but et l'orientation qu'elle souhaitait donner à sa vie, fut lors de son rapprochement avec Franck, suite au décès de Marcel. Même si à l'époque elle ne se voyait pas dans les couches et les biberons, l'idée d'être maman lui revenait sans cesse depuis lors. Depuis quelque temps, elle rêvait la nuit de scènes imaginaires où elle et Franck étaient en promenade dans un sous-bois avec un enfant dans sa poussette, par une belle journée ensoleillée. Le plus étrange, c'est qu'il y a quelques années, un rêve comme celui-ci l'aurait réveillé en sueurs tandis qu'aujourd'hui elle se réveillait avec le sourire aux lèvres et la sensation d'avoir vécu quelque chose de formidable. Cela commençait à l'inquiéter un peu, elle était comme attirée dans la rue lorsqu'elle croisait une maman avec un petit qu'elle tenait par la main, ou une autre qui traversait avec son landau. Même en passant devant les boutiques spécialisées, son regard était attiré là où avant elle passait sans se rendre compte qu'une telle boutique existait.

Franck avait reçu l'an passé, une commande de reproduction en grande quantité, et cela ne pouvait pas mieux tomber. Il avait passé une période hyper compliquée depuis la mort de son frère. Les premiers temps furent difficiles, car comme tout le monde, il se demandait ce qui avait pu le pousser à une telle extrémité, quelles en étaient les raisons ? Pourquoi n'avait-il pas expliqué son geste au moins pour ses parents qui étaient dévastés. Les questions sans réponses succédaient aux scénarios plus fantasques les uns que les autres. Et cela ne menait à rien, à part de sombrer peu à peu dans une sorte de déprime. Heureusement, Sandrine, qui jusque-là était si distante, au point de se demander s'il n'avait pas fait une erreur de se marier, s'était considérablement rapprochée de lui et lui offrait un très secourable réconfort. Il avait même réussi à balayer de ses pensées, les pires d'entre-elles quand il ne se sentait pas bien. Souvent lorsqu'elle sortait plus que d'habitude ou plus que de raison, il avait songé qu'elle allait avec un autre homme, et cela le faisait souffrir comme jamais. Plusieurs fois, il avait imaginé devoir aborder le sujet calmement avec elle, mais il redoutait, en cas d'erreur, de casser quelque chose entre eux, même s'il n'y avait semble-t-il plus grand-chose à casser. Si c'était sa pure imagination et si elle s'en offusquait ? Et si elle le quittait, voyant qu'il ne l'aimait pas comme il le devrait et qu'il avait des mauvaises pensées sur elle ? De voir comme elle s'occupait bien de lui et était soucieuse de son mal-être le réconfortait et il était bien content de n'avoir jamais abordé cette discussion maintes fois repoussée sur l'infidélité présumée de son épouse. Elle avait fortement diminué ses sorties avec ses copines et ses activités hors du ménage. Il lui arrivait même d'en annuler certaines qu'elle avait prévues de faire. Il arrivait même par moment à Franck, de retrouver la femme qui lui avait retourné la tête lors de ses montées à Paris. Cela lui redonnait l'envie de créer et il n'avait pas moins de dix toiles en cours qu'il modifiait et arrangeait au gré de son humeur, tantôt sur une, tantôt sur une autre. Elle l'inspirait à nouveau et c'était génial. La nouvelle commande lui laissait peu de temps pour ses réalisations, mais ce n'était pas grave, il savait que ces toiles seraient son renouveau, peu importe le temps qu'il lui faudrait pour les faire naître. Avec le temps, il avait réussi à mieux gérer son stress et surtout son emploi du temps. Certes, il passait toujours beaucoup de temps sur ses toiles, mais il arrivait à planifier dans le temps et savait se situer par rapport aux livraisons attendues. Aussi comme Sandrine avait une semaine de récupération à poser et qu'il avait de l'avance sur son travail, lui vint une idée folle, et s'ils se payaient une semaine de vacances en amoureux tous les deux ? Le problème comme d'habitude avec ce genre d'idée, c'est qu'il ne savait pas passer de l'idée à la proposition. Il se repassait sans cesse dans sa tête des scénarios de, comment elle réagirait, qu'est-ce qu'elle dirait et pour finir, de quelle souffrance ou déception, il aurait à faire face, et cela suffisait à désarmer le déclenchement de la discussion. On ne pouvait pas dire que c'était un couple communicant, loin de là. Mais le regain d'attention de Sandrine envers lui depuis quelque temps lui donnait confiance et il se décida à lui en parler un soir. Sandrine parut vraiment enthousiasmée par la proposition, elle passait une passe un peu stressante et compliquée au bureau et cela leur ferait le plus grand bien avait-elle ajouté. Le lendemain, elle lui donnait les dates de ses congés et Franck commença à programmer le voyage. Finalement, ils décidèrent de monter en voiture et de faire quelques haltes du côté des châteaux de la Loire à l'aller et de redescendre avec une pause à Dijon et une autre à Lyon. Franck avait réservé les hôtels et avait même pris une séance de relaxation avec Spa, hydro-massage et massage corporel de deux heures lors de leur pause retour à Dijon. Les jours passèrent trop lentement à son goût, mais il ne voulait pas avoir de pensées négatives ou trop pessimistes, alors il se jetait corps et âme à sa tâche pour ne pas penser à ces jours sans fin qui les séparaient de cette escapade, amoureuse ? L'avenir le dira, mais une chose était sûre, c'est que Sandrine semblait aussi pressée que lui et était encore plus rayonnante ces derniers jours. Le jour du départ arriva enfin, nous voilà sur la route depuis le petit matin, et en route pour les châteaux de la Loire. Il ne fait pas très beau, mais il ne pleut pas, c'est mieux comme ça, au moins il ne fait pas trop chaud. Après une pause détente sur l'autoroute, nous arrivons pour une première halte à Blois. Le petit hôtel que Franck avait réservé pour deux nuits était tout à fait charmant et pour le programme le lendemain, c'était visite du château de Blois, puis Chambord et enfin Cheverny. Le soir retour à l'hôtel, le lendemain cap sur Paris où il avait réservé le même hôtel qu'il prenait lorsqu'il montait pour déposer ses toiles et rencontrer des éventuels clients. Le matin serait consacré au château de Chenonceau, après manger celui de Villandry, avant de tirer sur la capitale. Franck était comme sur un nuage, Sandrine était si proche, si disponible et vraiment heureuse d'être là avec lui, ça se sentait dans son regard et ses sourires complices. Elle adorait toutes ces visites, très intéressée par les explications que nous recueillions dans chacun des châteaux. Les deux jours suivants, ils avaient surtout visité les différents parcs de la capitale, profitant d'un temps vraiment clément et ensoleillé. Lors de l'escale dijonnaise, une pause Spa était prévue. Il s'agissait d'une formule forfait de deux heures de bienêtre, programmée par les spécialistes du centre. Ils prirent vraiment du bon temps et se retrouvèrent très détendus et ressourcés dans la chambre ou une sérénade amoureuse et romantique improvisée se mit en place. S'étaient-ils enfin retrouvés se demandait Franck ? Même si tel n'était pas le cas, il se félicita d'avoir proposé cette semaine de vacances qui était de loin ce qu'il avait vécu de mieux depuis pas mal de temps. Le temps ne comptait plus à leurs yeux, ils prenaient chaque instant comme un cadeau et ne se projetaient pas dans le futur, tant est si bien qu'ils ne descendirent pas dîner ce soir-là, ils continuèrent leurs jeux amoureux jusqu'à ce qu'ils tombent de fatigue. Ils passèrent la nuit blottis l'un contre l'autre, plus rien ne pouvait les atteindre. Au petit matin, Franck était réveillé par une couverture de petits bisous sur tout le corps et un large sourire de Sandrine, un sourire qu'il aurait voulu photographier et garder en mémoire, tellement cela faisait longtemps qu'il ne l'avait pas vu comme ça. Cette semaine de coupure lui avait fait le plus grand bien, il avait réussi à s'enlever de la tête ses obsessionnelles questions sur le départ improbable de son frère. Il s'était retrouvé avec Sandrine, et cela était vraiment merveilleux. Il aurait voulu que cette semaine ne s'arrête jamais. La semaine suivante, la vie reprenait son cours. Franck était motivé et inspiré comme jamais et Sandrine, même si elle n'était pas aussi enjouée et disponible que pendant les vacances, avait changé et passait plus de temps avec Franck. Il lui avait fait remarquer d'ailleurs qu'il appréciait énormément son soutien dans cette période difficile pour lui et elle lui avait rétorqué que c'était normal. La vie reprenait donc son cours et les semaines se succédèrent tranquillement. Sandrine avait du retard dans son cycle et avait de drôle de sensations et cela la perturbait au point d'avoir pris rendez-vous avec sa gynécologue. À la fin de l'examen, le doute n'était pas permis, elle était bien enceinte. Non seulement Sandrine était ravie de cette merveilleuse nouvelle, mais plus encore de savoir que cela ne pouvait être que l'œuvre de Franck. Elle était encore toute excitée lorsqu'elle rentrait dans cette boutique pour acheter une première sucette dans un petit écrin avec en inscription humoristique dessus « Préparez-vous, j'arrive bientôt » ! Sandrine se précipita dans son atelier en surprenant

Franck comme jamais. Celui-ci ne comprenant pas ce qui lui valait cette incursion dans son atelier en pleine semaine, pourquoi donc Sandrine n'était pas à son travail ? Et de quelle surprise lui parlait-elle ?

_ Ferme les yeux lui ordonna-t-elle !

_ Qu'est-ce qu'il te prend, et pourquoi ne travailles-tu pas aujourd'hui, lui répondit Franck avec une pointe d'inquiétude ?

_ J'ai pris un congé, j'avais des examens à faire

_ Rien de grave, tout va bien dis-moi ?

_ Oui, tout va très bien, allez zou, fermes les yeux j'ai quelque chose pour toi !

_ Qu'est-ce que c'est, dit-il en tendant les mains et fermant les yeux, ce n'est pas mon anniversaire pourtant ? C'est quoi ce cadeau ?

_ Tu verras bien lui dit-elle en lui posant le petit paquet dans les mains. Attends que je te dise pour ouvrir les yeux, ok ?

_Oui si tu veux.

_Vas-y tu peux ouvrir les yeux maintenant.

Franck regardait ce petit paquet dans le creux de ses mains. Puis commençait à enlever le papier cadeau délicatement, ce qui renforçait encore un peu plus l'excitation visible de Sandrine qui trépignait comme une adolescente. Une fois le papier enlevé, il souleva le couvercle du petit carton et découvrit une sucette d'enfant avec une inscription « Préparez-vous, j'arrive bientôt » ! Il resta un instant bouche bée, et ne pouvait pas dire un mot, sa tête se mit en ébullition. Est-ce que ça voulait dire ce qu'il n'osait pas encore imaginer ? Ils allaient avoir un enfant ? Sans dire un seul mot, Sandrine décryptait ses questionnements en hochant la tête pour lui dire, c'est bien ça, tu as trouvé.

_On va avoir un bébé, c'est ça que ça veut dire ? Franck était encore sous le choc visiblement.

_Ouiiiii, répondit Sandrine en se jetant dans ses bras.

_ Mais, c'est magnifique, c'est… Franck ne trouvait pas les mots, il pensait juste qu'une arrivée aussi inattendue pourrait combler ce cruel départ tout aussi inattendu.

_Je suis si contente, viens allons vite annoncer la nouvelle à tes parents, lança-t-elle !

Ils partirent, séance tenante, Sandrine était encore toute excitée de savoir qu'elle allait être maman. À peine arrivée, elle se jeta dans les bras de Germaine pour lui annoncer qu'elle allait être mamie une fois de plus. Toute la maisonnée s'était mise au diapason. Il n'était question plus que de ça et là-dessus, on ne pouvait pas nier que cette nouvelle tombait vraiment au bon moment, afin de redonner un peu de baume au cœur à une famille déjà durement touchée. La vie de Sandrine, et par voie de conséquence celle de Franck aussi, avait totalement changé. Elle n'était plus du tout cette femme fantasque et exubérante, se lançant dans des aventures sans lendemain. Elle s'était rangée et se consacrait, maintenant, à son couple et bientôt à sa famille à elle.

La grossesse se déroulait normalement, elle n'avait pas trop de nausées, ni les différents problèmes faisant partie du lot habituel des tracasseries que subissent les femmes enceintes. Elle était joyeuse, ne voyait que les bons côtés des choses et restait optimiste dans la plupart des situations. Son enthousiasme était même devenu contagieux, quiconque s'approchait d'elle finissait par être dans un monde merveilleux et voir la vie du bon côté. Elle commençait maintenant à avoir quelques petites rondeurs qui lui donnaient ce charme si particulier qu'ont les futures mères et cette façon si majestueuse de porter la vie en soi. Alors qu'ils se l'étaient tout le temps refusée, Franck avait même commencé une toile d'un nu de sa femme enceinte, à la demande insistante de Sandrine, elle voulait un tableau qui immortalise sa joie d'être une future maman à tout jamais. Cette toile ne serait jamais affichée ni vendue avait alors objecté

Franck, Sandrine avait juste répondu, sauf si un richissime collectionneur t'en offrait un bon prix, sinon, elle trônerait dans notre salon ou au-dessus de la cheminée. Franck y mettrait toutes ses tripes. Sandrine ayant peur de ne pas maîtriser aussi bien que voulu sa prise de poids, le deal était que la toile soit terminée pour ses sept mois au plus tard. C'est ce qui se passa, le chef d'œuvre fut bien terminé lors du septième mois de grossesse et elle n'avait pris que six kilos, les deux mois qui restaient seraient sans doute déterminants. Au final, elle ne prit guère plus de 9 kilos, sa gynécologue était très fière et contente pour elle, qu'elle ait réussi une si belle grossesse. L'accouchement se passa tout aussi bien que la grossesse en elle-même, la petite Sophie pesait 3,9 kilos pour 49 cm. Elle était en parfaite santé, que du bonheur. La métamorphose de Sandrine était fulgurante, elle continuait à changer du tout au tout, se focalisant sur les besoins et le bonheur de sa nouvelle famille. Même au travail, ses amis avaient remarqué cette autre Sandrine qu'ils ne connaissaient pas ou à peine, et cela, pour le plus grand bonheur de Franck. Elle qui s'était toujours investie à fond dans son travail, n'en revenait même pas que durant son congé maternité cela ne lui manque pas le moins du monde. Son nouveau travail de mère et d'épouse au foyer l'accaparait pleinement et cela ne lui posait aucune sorte de problème, bien au contraire. On aurait dit que c'est ce qu'elle attendait au plus profond d'elle-même depuis tant d'années, même si elle l'avait découvert seulement à l'annonce de sa grossesse, et elle en fut sans doute la plus surprise, mais elle réalisait enfin que c'est ce qui au fond d'elle-même avait été son moteur secret durant toutes ces années. Elle réalisait aussi à quel point sa vie aurait pu être un gâchis si elle n'avait pas eu cette chance d'être maman ou si elle avait eu son enfant avec une de ses multiples aventures. Elle comprenait pleinement aujourd'hui ce qui l'avait attirée irrésistiblement vers Franck, c'est qu'elle avait détecté en lui le père de son enfant même si elle n'en avait que peu de conscience à ce moment-là, c'était comme si les pièces du puzzle avaient été cachées, durant tout ce temps et sortaient aujourd'hui au grand jour pour dessiner cette magnifique fresque de la vie. Ses journées étaient presque toujours les mêmes, rythmées par les biberons, les couches, la lessive, la vaisselle, le ménage, les repas et tout ceci s'enchaînait dans la joie et la bonne humeur. La Sandrine d'avant n'aurait même pas imaginé cela possible. Ses journées intenses de travail et ses sorties chaudes et sensuelles étaient l'essentiel de sa vie à ce moment-là. Elle vivait en parfaite égoïste, ne se souciant pas de son couple ni du qu'en dira-t-on. Comment avait-elle pu laisser, bien rangée dans une partie sombre de son cerveau, cette vision de la vie à laquelle elle aspirait pendant tout ce temps sans que jamais elle ne vienne faire interférence avec ses choix, ses décisions ? Aujourd'hui, elle était complètement transformée et toutes ses folles pensées et souvenirs de vie de débauche qu'elle avait pu avoir par le passé, pas si lointains d'ailleurs, avait pris place dans son cerveau, à l'ombre là où était resté cachée pendant tant d'années la vision idéale de sa vie actuelle. Elle avait interverti deux personnages et chacun correspondait bien à son époque, sans jamais venir faire incursion dans la vie de l'autre. Un peu comme si elle avait eu une double vie, mais pas en simultané comme cela arrive parfois, là, c'étaient deux vies différentes à des époques différentes, et elle le vivait très bien. Aujourd'hui, elle pouvait rester des heures à regarder sa petite fille, s'émerveiller de voir ses petits doigts remuer, ses yeux en amande, ses longs cils.

Elle avait des cils magnifiques, et cela la comblait. Franck avait vu sa vie changer du tout au tout lui aussi, bon déjà qu'il ne dormait pas trop avant, maintenant avec les réveils nocturnes pour Sophie, ça compliquait un peu plus les choses et la fatigue se faisait sentir, mais d'un autre côté, il lui arrivait de faire des pauses dans la journée, là où avant il ne se l'autorisait pas. Il avait aussi un regain de créativité et les affaires allaient vraiment beaucoup mieux, ils avaient pu mettre pas mal d'argent de côté, c'était inespéré pour lui auparavant, il avait même reçu une offre inimaginable pour son tableau de Sandrine enceinte. Cette toile, peinte avec une telle ferveur et joie, avait quelque chose de réel, on s'attendait à chaque instant que cette magnifique jeune femme enceinte, se tourne et marche dans la pièce, tellement elle était vivante de réalité. Devant le prix annoncé par le galeriste de Nice (cinquante mille francs), Sandrine n'avait pas hésité à donner son accord, et même à pousser Franck à la vendre, cela assurerait les études futures de leur fille, mais Franck y avait tellement mis de cœur et de sentiment et puis il s'agissait de sa femme, il avait du mal à l'imaginer trôner dans le salon d'un richissime collectionneur. À chaque visite à Nice, il avait droit à une demande expresse pour qu'il accepte de la vendre, mais pour le moment, il tenait bon. Les affaires allaient bon train, il avait un très bon carnet de commandes pour des reproductions et toutes ses créations originales recevaient un très bon accueil, il avait le vent en poupe et comptait bien en profiter. N'avait-il pas été un peu raillé dans la famille lorsqu'il avait dit qu'il se destinait à devenir artiste peintre ? Il avait là sa vengeance secrète, il leur montrait aujourd'hui qu'il avait eu raison de suivre sa flamme. Certes tout n'avait pas été souvent rose et il avait souvent été aidé par ses parents et surtout Robert qui lui avait sauvé la mise plus d'une fois pour le sortir d'impasses financières sans nom, mais aujourd'hui il ne devait plus rien à personne, avait même donné des intérêts à chacun de ses donateurs, même s'ils n'en revendiquaient aucun, et avait retrouvé toute sa fierté. C'était lui aujourd'hui qui mettait le beurre dans les épinards du ménage, encore plus depuis que Sandrine était en congé maternité. Il avait une femme merveilleuse, une magnifique petite fille, ils avaient quelques économies et l'argent n'était plus un problème, et son travail ainsi que son carnet de commandes était au beau fixe, que demander de plus, c'était le bonheur total. Pourtant ce soir-là lors du repas, Sandrine lui racontait en long en large et en travers un reportage qu'elle avait vu à la télé et qui parlait de maladies toutes plus insidieuses sournoises et méconnues les unes que les autres et le combat de ces familles qui doivent lutter tous les jours contre l'inconnu. Elle avait eu de la compassion pour ces familles touchées par ces coups du sort et s'était demandé, si cela leur arrivait un jour, comment ils réagiraient et aussi les sommes importantes qu'il faudrait pour tous ces traitements et ces suivis médicaux et elle le supplia une fois encore de réfléchir à la vente de sa toile qui, même s'ils n'en avaient pas besoin dans l'immédiat, serait d'un grand réconfort pour tous les aléas de la vie et les études que voudrait bien entreprendre leur petite fille. Franck s'avouait vaincu et lui promit d'en reparler lors de sa prochaine visite à Nice. Celle-ci intervint deux semaines plus tard et alors qu'il était en train de déballer ses différentes toiles commandées, le galeriste s'approchait de Franck et lui glissa à l'oreille.

_ Alors, cette toile vous avez réfléchi, lui demanda-t-il ? Non parce que si c'est juste pour faire monter les enchères, c'est un jeu risqué tout de même, je préfère vous prévenir. Mon client m'a lâché presque en désespoir de cause, qu'il n'irait pas au-delà de soixante et dix mille francs. Maintenant, on se connait assez bien tous les deux et je veux vous donner un conseil d'ami.

_ Je vous écoute.

_ Déjà à cinquante mille francs vous faisiez une superbe affaire, parce que certes cette toile est magnifique, mais tout de même, cinquante mille francs pour un artiste comme vous, c'est inespéré dans une carrière.

_ Mais vous savez très bien que ce n'était pas une question d'argent, mais c'est qu'il s'agit de mon épouse dessus et c'est intime et personnel.

_ Je sais tout ça, mais là à soixante et dix mille francs, vous seriez vraiment fou de passer à côté de cette offre, encore une fois il m'a paru défaitiste, je ne suis pas sûr qu'il réitère son offre mais je peux en profiter que vous êtes là pour l'appeler.

_ Hé bien soit, allons-y.

Au bout de trois sonneries et après quelques gesticulations dans le fond de la pièce, il revint tout sourire.

_C'est bon, il est d'accord pour soixante et dix mille francs, mais il la veut rapidement.

_ Ça tombe bien alors, je l'ai emmenée avec moi aujourd'hui, elle est dans la camionnette.

_ Vous êtes sérieux ?

_ Bien sûr, je voulais vous en parler, mais vous m'avez cueilli à froid dès mon arrivée.

_ Bon, bon, je le rappelle, je suis sûr qu'il sera là d'ici trente minutes.

Aussitôt dit, aussitôt fait, il repassait un coup de téléphone et Franck allait chercher la toile bien emballée dans la camionnette pour la poser en plein milieu de la salle. Sandrine à ce moment-là trônait majestueusement dans son plus simple appareil sur la galerie d'art, avec ce regard lumineux, presque réel. Lorsque le client arriva dans la pièce, il eut un sourire radieux, il avait adoré cette peinture dès la première seconde, ce que Franck ne pouvait pas savoir, c'est que cette magnifique femme, sur cette toile lui faisait penser à sa première épouse qui était morte en couche, et dès son premier regard sur la toile, il fut submergé par une si violente émotion qu'il s'était promis, que, peu importe ce qu'il lui en coûterait, il se devait de l'acquérir pour la placer dans sa chambre à coucher, en mémoire de sa Juliette.

Lucas (1998)

Il faisait une superbe journée ce samedi-là, et Lucas avait décidé de faire un tour avec sa fille Julie à Batz sur mer. Ce n'était pas une journée pour rester cloîtré chez soi avait-il décrété au plus grand désarroi de Julie qui ne voulait pas sortir de sa chambre. Une fois arrivé sur place, il avait trouvé une place assez facilement au parking des mûriers et n'avait eu qu'à descendre la rue de la plage. Ce n'était pas très long, mais Julie trouvait à y redire encore, en soufflant comme un ventilateur. Mais une fois arrivée sur la plage St Michel, son sourire s'illumina. Effectivement, la vue et les odeurs des embruns firent leurs effets et Julie se mit à respirer profondément en tournoyant dans le sable. Au loin, il y avait un garçon qui tapait dans un ballon avec sa maman en criant et gesticulant comme s'ils étaient seuls au monde. Elle était trop loin pour entendre ce qu'ils se disaient, mais le petit garçon rigolait à pleins poumons pour le plus grand plaisir de sa maman. Il avait de la chance lui d'avoir encore sa maman, Julie ne put empêcher des larmes de pointer au coin de ses yeux. Cela faisait un peu plus de deux ans maintenant, mais le manque était toujours aussi cruel. Sa maman n'aurait jamais dû conduire ce soir-là. Elle était en déplacement pour son travail à 400 km de la maison et avait téléphoné à Lucas en fin de journée après leur repas de clôture du séminaire. Il n'était pas loin de 22 heures et ils avaient décidé que ce serait plus raisonnable qu'elle se repose là-bas encore cette nuit-là, pour ne rentrer que le matin à la fraîche. Mais elle en avait décidé autrement, trop impatiente de retrouver sa famille et aussi excitée de leur faire la surprise. Elle pensait pouvoir arriver entre 1 heure 30 et 2 heures du matin. Elle s'imaginait déjà la surprise lorsqu'elle aurait déboulé en pleine nuit dans la chambre de Julie. Certes, dans un premier temps, elle aurait soufflé et grommelé comme à son habitude, mais elle aurait très vite arrêté pour un câlin plein d'amour et d'émotions. Sa maman était passée responsable, après un parcours semé d'embûches, et dans un milieu assez hostile aux femmes dans cette profession, mais elle avait réussi contre vents et marées, et Julie était fière de sa maman. La route était sinueuse et la fatigue se faisait sentir, mais il ne lui restait plus beaucoup à tenir et elle pourrait se blottir contre le corps chaud et rassurant de Lucas. Mais une partie un peu plus linéaire et sa fatigue grandissante ont finalement eu raison de sa vigilance elle ferma les yeux pour ne jamais les rouvrir. Les pompiers mirent presque quatre heures avant de pouvoir la désincarcérer tellement la voiture avait été pulvérisée par le grand nombre de tonneaux qu'elle avait dû subir. Lucas n'avait été prévenu que vers 3 heures 30 du matin, d'abord surpris d'un appel à cette heure-ci ne se doutant pas un instant de ce qu'il venait de se passer, les propos du gendarme qui l'informa de l'accident et du décès de son épouse le foudroyèrent sur place. Il lui fallut un bon moment avant de pouvoir prononcer le moindre mot. Le gendarme lui conseilla de ne pas se rendre sur place, mais plutôt de se rendre à l'hôpital où le corps serait entreposé. Mais une fois ses esprits retrouvés, il réveilla sa voisine en lui expliquant la situation et lui demanda de bien vouloir dormir chez lui pour être là au réveil de Julie et lui expliquer que sa maman avait eu un terrible accident et que son père était parti sur place pour voir ce qu'il en était. Lorsqu'il arriva sur les lieux, il était anéanti de voir l'état de la voiture et s'imagina sa femme dedans en train de faire cette chute interminable dans le ravin sur le bord de la route, elle avait bondi au-dessus du talus pour dégringoler sur plus de cinq cents mètres en tournoyant sur elle-même et chaque coup rabougrissait un peu plus la voiture pour n'en faire qu'une masse compacte de ferraille méconnaissable. Depuis l'appel, il n'arrêtait pas de se repasser en boucle leur dernier appel où elle lui disait d'aller se coucher car elle était épuisée et qu'elle l'aimait et qu'elle se languissait d'être dans ses bras. Cette dernière phrase résonnait différemment maintenant, elle avait décidé de venir le rejoindre dans la nuit et c'est pour ça qu'elle lui avait dit cela presque comme un aveu. Pourquoi n'avait-il pas compris à ce moment-là qu'elle projetait de venir malgré la fatigue pour gagner quelques heures ensembles ? Il avait manqué de vigilance et aurait dû réagir et lui intimer l'ordre de ne pas venir ce soir-là. Tout cela tournait en boucle dans son cerveau qui était proche de l'ébullition, mais toutes ses réflexions, toutes aussi cruelles et inutiles les unes que les autres ne la feraient pas revenir à la vie. Elle était morte, et bien morte. Il n'arrivait pas à imaginer sa vie sans elle, ils étaient si complémentaires, si heureux, comment y survivrait-il ?

Bien sûr, il y avait Julie, leur fille si douce, si fragile, si dépendante de sa mère encore, comment allait-il s'en sortir avec son travail et comment combler ce manque qu'elle allait avoir ? Comment allait-elle réagir ce matin quand ce sera Martine leur voisine qui sera là à son réveil et qui lui annoncera la terrible nouvelle ? Elle n'aurait pas son père ni sa mère comme à chaque épreuve à surmonter. Pour le décès de ses grands-parents, elle avait tellement eu besoin du réconfort de sa mère, qui pourrait la réconforter du départ de sa propre mère ? Sa tête tournait de plus en plus et il fit un léger malaise. Heureusement, l'ambulance étant sur place, il fut rapidement pris en charge et retrouva ses esprits assez rapidement. Ce n'est que deux heures plus tard que le cortège avec l'ambulance en tête arriva à l'hôpital le plus proche. Bizarrement, vu l'état de la voiture, on aurait pu s'attendre à ce que son corps soit en piteux état, mais le visage avait assez bien été protégé sans doute par l'airbag et du coup, ils avaient réussi à la rendre assez rapidement présentable, bien sûr le thorax et le bas du corps avaient, eux, était très malmenés, mais comme elle était recouverte jusqu'aux épaules, elle avait l'air presque normale, endormie paisiblement. Lucas décida de retourner chez lui pour prendre Julie avec lui, ils auraient besoin l'un de l'autre pendant un certain temps. Julie se jeta sur lui à peine sorti de la voiture, en larmes et criant, je ne veux pas, je ne veux pas… Qui aurait voulu de ce drame ? Personne, hélas. Lucas raconta à sa fille ce qu'il savait, qu'elle avait voulu les rejoindre au plus vite pour être avec eux dès cette nuit n'écoutant pas sa fatigue, l'amour de sa famille étant plus fort et elle s'était endormie au volant pour finir sa course en contre bas de la route après avoir fait un nombre important de tonneaux. Elle été morte sur le coup, le médecin pense qu'elle ne s'est même pas rendu compte de ce qu'il s'était passé, le premier choc lui ayant probablement fracturé les cervicales, le fameux coup du lapin. Elle voulait la voir et lui faire un dernier câlin, et elle se jeta sur elle à peine arrivée dans la chambre. Son père, au bout d'un moment, dû déployer beaucoup de force pour desserrer l'étreinte et reprendre sa fille dans ses bras. Les jours suivant les obsèques furent très douloureux, Lucas avait beaucoup insisté pour qu'elle retourne à l'école, c'est ce qui serait le plus salutaire pour elle comme pour lui qui avait repris le travail aussi afin de ne pas ressasser tous les jours les mêmes pensées destructrices et surtout avancer et continuer le chemin. Cela avait été, il est vrai, un choix raisonnable. Julie avait naturellement sympathisé avec une jeune fille de sa classe qui avait vécu la même chose un peu moins d'un an plus tôt. Elle se rendait compte qu'au début elle avait ressenti beaucoup de peine pour elle et lui avait témoigné beaucoup de compassion. Puis au fur et à mesure que le temps passait, cette fille s'était écartée de tout le monde et restait le plus clair de son temps, seule dans son coin. Julie avait été tentée à plusieurs reprises d'aller la voir et de nouer amitié, mais à chaque fois elle s'était retenue, comme s'il risquait d'y avoir une contagion au malheur des uns … Cela n'avait pourtant pas empêché qu'un malheur ne s'abatte aussi sur la famille de Julie, et cette pensée lui montra à quel point elle avait été bête de ne pas écouter son ressenti. Aujourd'hui elle se soutenait l'une l'autre dans leurs moments difficiles et il y en avait beaucoup trop encore hélas. Cela permit à Julie petit à petit de passer ce cap si terrible de la perte d'une maman qu'on aimait plus que tout au monde. Les enfants ne sont pas préparés à vivre cela (encore heureux, sinon cela ruinerait l'insouciance dans laquelle se développent les enfants normalement). L'air était frais encore, mais les rayons de soleil venaient chauffer son visage et c'était bon de respirer cet air marin à pleins poumons. Finalement, son père avait eu une chouette idée de la booster à sortir alors qu'elle ne voulait pas, il savait souvent ce qui lui ferait du bien, elle avait de la chance elle avait un papa extraordinaire. Elle n'avait plus de maman, mais heureusement son père était très attentionné et la connaissait vraiment bien, en discutant avec des amies de sa classe, elle se rendait compte que d'autres n'avaient pas cette chance et ne partageaient pas autant de moment délicieux qu'elle avec son papa.

Stéphanie riait aux éclats de voir Gérard courir après le ballon emporté par le vent quand son chapeau s'envola aussi, elle se mit à courir à sa poursuite et Lucas avait anticipé la trajectoire du chapeau pour l'arrêter net devant lui. Stéphanie arriva à sa hauteur et le remercia avec un grand sourire, elle ne put s'empêcher de constater qu'il était bel homme, vraiment elle sentie ses joues rougir comme si ses pensées avaient pu être entendues par ce bel inconnu. Heureusement, il ne laissa pas le silence pesant s'installer, il lui dit que ce n'était rien du tout, qu'il y avait pensé au moment où le chapeau s'était envolé et que du coup, il n'avait pas un grand mérite. À son tour, il fut surpris de penser qu'elle était vraiment charmante et très agréable, il se présenta ainsi que Julie sa fille. Julie la trouva très jolie et aussi très gentille, elle savait bien que rien au monde ne remplacerait sa mère, mais elle savait aussi que son père ne pourrait pas rester sans une autre femme toute sa vie. Ils en avaient parlé une fois quelques semaines plus tôt, et même s'il ne se disait pas prêt, ni n'envisageait cela un instant, il ne savait pas vraiment ce que l'avenir lui réserverait et puis un jour Julie prendrait son envol et il n'avait vraiment pas le goût de rester seul jusqu'à sa mort, mais il avait clos le débat en disant que c'était bien trop tôt. Julie se rappela cette conversation et regarda le regard joyeux, enjoué et lumineux que son père lançait à cette jolie jeune femme, et elle se plut à imaginer son père avec elle. Cela impliquait qu'elle se coltinerait le bambin ! Justement, celui-ci se rapprocha d'elle et prétextant que sa maman était occupée à parler avec son père, lui demanda si elle voulait bien faire des passes avec le ballon. C'était aux antipodes de ce que pouvait vouloir Julie à cet instant précis, mais pour mettre du volume dans ses idées récentes, elle décida de jouer le jeu pour voir comment était ce garçon... Cela aurait tellement été mieux si cette Stéphanie avait eu une fille, une petite sœur, Julie aurait adoré ça. Ils échangèrent donc quelques balles et Julie lui posait un tas de questions sur lui et sa famille. Gérard lui apprit qu'il n'avait plus son papa, et qu'il vivait seul avec sa maman. Ils étaient venus s'installer ici pour que sa maman refasse sa vie et ils étaient bien ensemble, mais il aimerait bien avoir une sœur comme elle et un papa aussi, le sien avait l'air gentil. Julie lui confirma que son papa était vraiment gentil ça, c'est sûr, il était cadre et travaillait aux chantiers navals de St Nazaire et adorait venir ici en famille avec sa maman, mais elle était morte dans un accident de voiture, il y avait deux ans et cela était plus dur d'y revenir, mais il essayait quand même de le faire une fois tous les deux mois environ. Ils continuèrent à discuter sans s'occuper du lancer de ballon, visiblement le courant était passé entre eux. Gérard n'avait pas trop d'amis et encore moins des filles. Julie était plus âgée que lui, mais il se sentait bien à discuter avec elle, elle l'apaisait, sans qu'il ne sache ni ne comprenne pourquoi. Julie se surprit elle aussi à être à l'aise avec ce petit garçon qui n'était pas aussi bête que les garçons de sa classe, il avait l'air d'être plus réservé, plus timide et un tantinet craintif, ce qui lui donnait envie de prendre soin de lui, comme une maman. Du côté des grands cela avait l'air aussi de coller pas mal, après avoir papoté un moment, ils s'étaient assis dans le sable, côte à côte, face à la mer et on les entendait rire de temps en temps. Ceci troubla Julie, elle n'avait pas entendu son père rire comme cela depuis longtemps, son rire n'avait plus été le même depuis l'accident, déjà, il était très rare qu'il se laisse aller à rire et encore moins, comme avant, c'était toujours dans la retenue, la gêne presque. Là, elle l'entendait rire comme avant pour la première fois et cela la chamboula encore plus, elle se prenait à rêver d'une famille reconstituée et cette vision qui l'effrayait au plus haut point à chaque fois qu'elle l'envisageait, devenait presque un soulagement, elle était prête à y adhérer. Ils restèrent un bon moment encore là, calmement paisiblement dans le sable puis ils se levèrent et demandèrent aux enfants s'ils voulaient manger des crêpes. Ils reçurent en retour un oui franc et massif qui avait l'air de les étonner. Chacun connaissant son enfant, avait anticipé le refus de l'un ou de l'autre et pensait devoir négocier. Ce oui était inespéré mais bienvenu. La soirée s'annonçait parfaite, ils s'étaient calés dans un coin de la crêperie au calme et avaient continué à se raconter leur vie, l'un, l'autre. Elle raconta la perte de son enfant et sa séparation peu de temps avant et qu'elle avait adopté Gérard avec l'aide de son ami Marcel, qui l'avait soutenue pendant toutes ces épreuves et qui avait, lui aussi, eu pas mal de soucis dans sa vie. Elle lui raconta qu'il avait donné fin à sa vie une fois qu'il avait eu la certitude que Stéphanie était sortie de sa tristesse et qu'elle avait tout l'avenir devant elle. Elle garda pour elle qu'il lui avait dit être certain qu'elle trouverait l'homme de sa vie quand cela serait le moment. Elle avait dit à Gérard que son père était mort d'un accident du travail avant sa naissance, elle n'avait pas voulu lui parler de l'adoption. À force de discuter sur son histoire, elle sentait que quelque chose de bizarre s'était produit, dès le premier regard. Elle savait très bien que ce qu'elle ressentait à cet instant précis était très fort et qu'elle avait beau essayer de se raisonner et de vouloir mettre une chape de plomb dessus, de peur de s'enflammer pour rien, mais rien n'y faisait, elle avait son cœur qui battait la chamade et cela ne se contrôle pas, ça s'impose à vous. De plus, les enfants avaient l'air de bien s'entendre tous les deux et cela lui faisait du bien, car Gérard était un peu trop dans les jupons de sa maman, il n'avait pas d'amis avec qui jouer ou même parler et bizarrement ce soir, il n'arrêtait pas de parler.

Lucas passait une très agréable soirée, mais devait lutter contre cette culpabilité qui revenait sans cesse. Comment pouvait-il être là à discuter avec une inconnue, qu'il trouvait charmante et désirable, comment pouvait-il avoir ce genre d'idée, qu'en penserait sa défunte épouse ? Malgré tous les assauts répétés et violents qui lui arrivaient en tête, la raison était la plus forte. Il ne faisait rien de mal d'une part, d'un autre côté, il était veuf, et encore jeune. Personne ne pouvait lui en vouloir de vouloir mettre fin à cette solitude, à ces remords, à cette tristesse qui le rongeait petit à petit. Julie serait certainement mieux avec une présence féminine à la maison et cette femme avait l'air si douce, si gentille qu'elle serait la parfaite maman de substitution. Il avait beau se dire qu'il allait vite en besogne, qu'il se faisait peut-être des films, mais même s'il n'était pas un expert en la matière, il lui semblait bien qu'ils étaient sous le charme tous les deux, certains signes ne trompaient pas. Leurs regards profonds et puissants par moment, leur gêne pudique à chaque fois que leurs mains s'étaient effleurées, leurs petits rires complices tous ces signes qui lui faisaient dire qu'il se passait quelque chose de fort agréable, dont il ne se sentait plus capable jusqu'à ce jour.

Stéphanie n'arrêtait pas de repenser à ce que lui avait dit Marcel :

« Tu vas rencontrer quelqu'un de bien qui aura lui aussi perdu un être cher, sa femme adorée. Il est seul depuis assez longtemps, car il s'est refusé, depuis lors, le bonheur et s'est consacré essentiellement à l'éducation de son enfant. Votre rencontre sera une évidence physique en premier lieu, mais rapidement vous apprendrez à vous connaître et une autre évidence viendra vous combler de joie, vous serez des âmes-sœurs. »

Elle avait tellement envie d'y croire, ce serait si merveilleux et elle ne voulait pas passer à côté d'un tel bonheur, mais elle ne voulait pas brusquer les choses.

Lucas en était à peu près au même niveau de réflexion, il sentait le bonheur à portée de main, mais avait peur de le faire partir s'il tendait simplement la main. Ils se regardaient dans le fond des yeux et parlaient de moins en moins, ils étaient passés à de la contemplation passive.

Julie, qui observait la scène depuis un moment, se demandait ce qu'elle pouvait bien faire pour décoincer la situation. La soirée allait se terminer et chacun rentrerait chez soi, certes, on pourrait planifier de revenir et de se revoir, mais elle avait peur que le charme qui avait opéré ce soir ne soit plus au rendez-vous pour des milliers de raisons. Ce serait trop bête de passer à côté d'une évidence, elle décida de jouer le tout pour le tout, elle se rapprocha de Stéphanie et commença à lui parler de son manque de sa maman en jouant sur la corde sensible et visiblement cela fonctionnait bien, elle continuait donc en pointant toutes les ressemblances et similitudes qu'il y avait entre elle et sa maman. Lucas écoutait au début l'air distrait, mais au fur et à mesure se laissait convaincre lui aussi qu'il y avait effectivement des points communs entre son épouse et cette délicieuse Stéphanie tombée du ciel. Elle ne manquait pas non plus de la féliciter sur l'éducation qu'elle avait su donner à Gérard, malgré qu'elle eût été seule pour en assumer la garde. L'opération séduction marchait à plein régime et visiblement cela n'avait fait qu'amplifier les regards complices entre ces deux adultes solitaires, elle décida alors de porter l'estocade finale en la suppliant de les inviter chez elle, parce qu'elle adorerait voir où ils habitent, Lucas esquivait un geste de mécontentement devant cette attitude sans gêne, il ne s'était pas attendu à ce que Julie sorte un truc pareil, que lui avait-il prit ? Mais Stéphanie s'écria avec enthousiasme :

_ Oui ce serait génial, enfin si ton papa est d'accord et n'a pas d'autres prévisions pour demain ?

Lucas se sentit d'un coup très gêné, et n'avait pas vu venir ça de la part de sa fille, si réservée et parfois même trop renfermée sur elle-même.

_ Je ne sais pas, enfin ça me ferait, ça nous ferait plaisir mais nous ne voudrions pas abuser de votre... Il n'eut pas l'occasion de finir sa phrase.

_ C'est décidé, vous venez à la maison, elle n'est pas bien grande mais j'ai une chambre d'amis avec deux lits, et demain nous irons chercher des fruits de mer au village, si ça vous dit ?

_ Ouai, nickel, super cool dit Julie en se jetant sur Stéphanie et lui décrochant un super câlin.

Lucas n'en revenait pas, cela faisait longtemps qu'il n'avait pas vu autant de joie dans le regard, la voix de sa fille, elle paraissait si heureuse ce soir-là qu'il se demandait s'ils n'étaient pas tombés tous les deux sous le charme de cette jeune maman solitaire et envoûtante aussi.

La maison était simple, mais joliment décorée, à l'image de ce que dégageait ce petit brin de femme, une certaine délicatesse et une simplicité qui, malgré une certaine sobriété avait donné beaucoup de chaleur et de charme à ce petit nid douillet. Ils s'installèrent dans la chambre d'amis, Lucas dans le grand lit et Julie dans le petit lit une place. La peinture bleu tendre donnait une ambiance reposante à cette chambre et la lumière tamisée finissait à lui donner ce côté zen qui s'en dégageait dès qu'on passait le seuil. Il avait eu du mal à trouver le sommeil et il avait été tiraillé toute la nuit par cette culpabilité de se sentir bien avec une autre femme que la sienne disparue prématurément. Il n'y avait rien d'anormal à ce qu'il refasse sa vie, c'est juste qu'il ne l'avait pas envisagé, ou ne voulait pas y songer avant cette rencontre sur la plage. Il se sentait bien depuis hier soir et sentait une attirance, apparemment réciproque, pour Stéphanie. Et comme si cette évidence n'était pas encore suffisante, Julie avait l'air de bien apprécier Stéphanie aussi et de bien s'entendre avec Gérard, ce qui étonnait le plus Lucas à vrai dire. Ils avaient eu une discussion par le passé sur le sujet de refaire sa vie avec une autre femme et Julie avait l'air de ne pas s'y opposer, bien au contraire, c'est même souvent elle qui taquinait son père quand une femme le dévisageait et qu'il ne s'en rendait pas compte. Mais dès que le sujet était abordé et qu'il était question d'une famille recomposée, Julie était déjà moins chaude, elle n'arrêtait pas de dire à son père qu'il pourrait trouver une charmante jeune femme sans enfant, ce qui la soulagerait d'autant. L'entente cordiale, presque même la joie qu'elle avait depuis hier, de jouer, de discuter avec Gérard le laissait sans voix. Quelle transformation en si peu de temps, c'était presque inespéré. Ils prirent leur petit-déjeuner sur la terrasse, tellement il faisait beau ce dimanche matin. Les rayons du soleil commençaient à peine à chauffer, mais c'était très agréable. Julie avait voulu aller à la boulangerie avec Gérard acheter des viennoiseries et du pain et avait donné naturellement un coup de main à Stéphanie pour dresser la table, puis pour débarrasser une fois le repas fini. Les enfants restaient à la maison pendant que les adultes allaient au village faire les courses pour le midi. Ils commençaient par un peu de charcuterie pour l'entrée puis devaient se rendre à la poissonnerie pour prendre quelques fruits de mer. Ils passaient devant un fleuriste et tout naturellement, Lucas entrait pour lui choisir une belle plante. Stéphanie était ravie de cette délicate attention, elle le trouvait de plus en plus charmant, gentil, compatible avec ses attentes, elle se laissait tout doucement bercer par le charme qui opérait entre eux. Quand ils rentrèrent des courses, ils eurent la surprise de voir que les enfants avaient dressé la table. Le repas pris, ils profitèrent un moment de ce magnifique soleil, puis Lucas proposa de finir le week-end de trois jours, vu que le lundi était férié à St Nazaire chez eux. Cette décision fut adoptée à l'unanimité, et les voilà partis pour St Nazaire. Le Pavillon qu'ils habitaient était très joli avec un jardin qui faisait le tour de la maison. L'intérieur était un peu plus froid et impersonnel, à l'image d'une maison tenue par un célibataire. Stéphanie ne put s'empêcher d'imaginer ce qu'elle ferait pour égayer un peu cette maison. Il y avait beaucoup de potentiel, et les idées ne manquaient pas. Une fois les enfants couchés, ils n'arrêtèrent pas de discuter inlassablement comme si demain était la fin du monde, il y avait chez eux comme une urgence à se dévoiler l'un pour l'autre et ils s'en apercevaient de plus en plus. Stéphanie revenant des toilettes se heurta presque à Lucas qui sortait de la cuisine et la seconde d'après ils s'enlacèrent tendrement en s'échangeant un baiser langoureux qu'ils attendaient depuis un moment, autant l'un que l'autre.

Les jours suivants, ils se téléphonaient sans cesse et tout en se jurant de ne pas vouloir brûler les étapes, ils se rendaient à l'évidence qu'il fallait au plus vite qu'ils vivent ensemble. Cela était paradoxal, mais cet appel était si fort chez chacun d'eux qu'ils ne voulaient pas y résister. Finalement, la décision fut prise, Stéphanie viendrait s'installer à St Nazaire dès cet été, une fois l'école finie, et elle garderait sa maison où ils viendraient se détendre les week-ends. Ils vivaient une histoire merveilleuse, mais la distance commençait à peser et ils se languissaient d'être enfin réunis, même s'ils se voyaient très souvent, aussi souvent que possible. L'été suivant fut le plus bel été que Gérard ait connu. Ils avaient bâti une réelle entente lui et Julie et il s'était vraiment bien entendu avec elle tout l'été. De leur côté, Stéphanie et Lucas avaient pris aussi énormément de plaisir à vivre ensemble et commençaient à former une belle famille. Même la météo était de la partie cet été-ci, il avait fait un temps très chaud et ensoleillé. La rentrée suivante fut un peu moins agréable pour Gérard, l'école ne lui plaisait guère, et même, s'il n'était pas très intégré dans son ancienne classe, celle-ci était bien pire. Il y avait quelques garçons qui formaient des bandes et qui se chamaillaient sans cesse, et il sentait qu'ils n'allaient pas tarder à s'en prendre aux nouveaux. Pour le moment, ils se contentaient de lui lancer des regards noirs soutenus et quelques réflexions, par-ci, par-là, mais Gérard n'aimait pas vraiment cela et s'attendait toujours au pire. Hélas, Julie était rentrée au collège cette année, il aurait tellement aimé pouvoir la voir et lui parler dans la cour de récréation. En plus comme elle était grande, les autres n'auraient pas osé l'importuner, sans doute. Heureusement, après l'école, il se retrouvait dans un havre de paix, la famille reconstituée vivait en parfaite harmonie et Lucas était vraiment un papa de substitution très sympa. Ils vivaient tous des jours heureux et cela venait en compensation des événements douloureux qu'ils avaient tous vécus avant cela. Ils méritaient bien leur part de bonheur eux aussi.

Cette année-là fut très particulière pour Gérard et il avait réussi tant bien que mal à passer entre les gouttes, mais cela lui avait demandé une attention de tous les instants pour être le plus transparent et invisible possible pour ne pas rentrer dans le radar des chercheurs d'embrouilles. Cela s'en ressentait sur ses résultats scolaires et Stéphanie avait été convoquée plusieurs fois pour savoir ce qu'il se passait, et même si ce n'était pas du tout le cas, elle prit le prétexte de la famille recomposée et des perturbations que cela avait dû engendrer chez son fils. En réalité, elle avait eu une discussion sérieuse avec Gérard et ils avaient décidé que s'il redoublait cela ne serait pas dramatique. Il voulait vraiment ne pas risquer de suivre ces voyous encore dans les années suivantes. Le redoublement fut donc prononcé en fin d'année et cela permit à Gérard d'être un ancien dans sa nouvelle classe et de ne pas être ennuyé. De plus, la classe n'avait rien à voir avec celle de l'an passé, les garçons étaient tous très studieux et calmes et ne pensaient qu'à jouer à la récréation plutôt que de chercher des querelles avec les autres. Il y avait quelques filles qui s'intéressaient à lui, mais timide comme il était, elles ne réussirent pas à franchir le mur d'enceinte qu'il avait érigé pour ne pas être dans une position inconfortable. Il avait eu de grandes discussions sur le sujet avec Julie, elle le conseillait souvent aussi, mais il ne se sentait pas encore prêt, il préférait rester sur ses gardes. Il voyait les histoires entres garçons et filles se faire et se défaire sans trop de raisons et ne voulait pas de ça. Pour lui, les sentiments étaient quelque chose de sérieux et il ne fallait pas y aller à la légère.

Le reste du primaire se termina sans problème pour Gérard qui avait de nouveau de très bons résultats, cela lui permettrait d'aborder la sixième avec une certaine sérénité et puis il pourrait aller au collège avec Julie et se voir de temps en temps, il était super content, même si cela ne durerait qu'un an, avant que Julie n'aille au lycée. Cette année serait bonne à prendre, et puis si elle redoublait sa 3ième…

Non il ne souhaitait quand même pas ça, même si les résultats de Julie étaient moyens, elle passerait sûrement au lycée l'an prochain. En fonction des horaires, ils feraient encore route ensemble quelques fois, le lycée était un peu plus loin, mais Julie pouvait passer par le collège ça ne la rallongeait que de deux cents mètres seulement.

À partir de la 5ième et jusqu'en 3ième, Gérard avait eu dans sa classe une Amandine qui lui plaisait beaucoup et il l'avait aimée pendant trois ans en s'inventant une aventure fabuleuse avec des moments tendres, des jeux, des loisirs communs, mais bien entendu tout cela avait bien été gardé secret dans son esprit, car en trois ans, il n'avait pas dû échanger plus d'une dizaine de « bonjour » et quelques sourires furtifs. Durant son passage au collège, il n'avait pas eu beaucoup d'amis, mais il avait été une sorte de confident à qui on pouvait tout raconter et il donnait en échange son point de vue et certains conseils qui lorsqu'ils étaient suivis donnaient d'assez bons résultats. C'est sans doute cette période qui, lors de son choix d'orientation, le conduisit à choisir la psychologie. C'est avec cette ferme intention qu'il engagea sa poursuite des études au lycée en filière ES et il avait choisi qu'il irait en FAC à Rouen, ce n'était pas trop près de St Nazaire certes et la séparation avec sa douce maman serait douloureuse, mais c'était une des meilleures facultés de France et Julie étant à Caen, ils pourraient s'organiser des week-ends et des vacances ensembles. Ces années passèrent assez vites finalement, et même s'il n'avait pas un excellent niveau, il ne redoutait pas d'aller voir la liste des résultats du BAC. Il l'obtint, effectivement, avec mention « Bien », ce qui avait fait énormément plaisir à sa mère, si fière de son petit comme elle l'appelait toujours, malgré qu'il ait bien grandi depuis…

Martine

Martine n'a pas du tout aimé ses années collèges. Autant qu'elle puisse se souvenir, elle n'a pas eu de moments agréables, ni d'amitiés sincères, pendant toute cette période. Elle avait eu droit en revanche aux moqueries et autres railleries de la plupart des élèves qu'elle avait croisés durant ces quatre années. Dans le lot, il y avait des ricanements plus ou moins méchants et qui l'affectaient plus ou moins. Parmi les plus courants et ceux qui ne la dérangeaient pas trop, il y avait le fait qu'elle soit tout le temps à part, seule dans son coin et ne participe pas avec les autres. Aussi les critiques de ses tenues vestimentaires, loin de la mode et des tendances, mais ça elle s'en fichait, car elle aimait bien être habillée comme elle l'était. Elle trouvait que la mode n'était pas jolie et elle ne se sentait pas à l'aise, dans ces fringues-là. En revanche, elle avait beaucoup souffert des remarques sur son physique, sur le fait que ses parents étaient âgés. Le genre de réflexion, « c'est gentil à ta grand-mère de venir te chercher à l'école ». Comme elle n'avait pas d'amis, elle n'avait pas de distraction et pouvait donc se consacrer à 100 % à ses études et se retrouver à la première place dans chaque classe, c'était le côté positif, car il faut toujours voir le côté positif des choses lui disait toujours sa mère. Elle avait, comme toutes les filles de son âge, elle aussi, ses rêves de princesse qu'on vient délivrer dans son château abandonné. Parfois, elle trouvait un garçon un peu moins bête que les autres et rêvait qu'elle pouvait discuter avec ou s'en faire un ami, mais cela ne restait que des rêves. Elle aussi aurait adoré écouter les premiers émois de ses copines et partager ses émotions et sensations avec d'autres filles, mais elle n'y avait pas eu droit. Il était hors de question d'aborder ces sujets avec sa mère également du coup, elle s'inventait une copine virtuelle dans sa tête avec qui elle passerait toute sa jeunesse. Puis ce furent les années lycée, elle intégrait le lycée en seconde scientifique. Elle appréhendait un peu de se retrouver avec des personnes plus fortes qu'elle et de ne plus être la première de la classe. Elle aimait bien cela et pensait que ce statut l'avait quelque peu protégé. Elle avait l'intime conviction qu'elle aurait été beaucoup plus ennuyée si elle avait été une élève moyenne. Elle se retrouva rapidement première de sa classe, en fait, il se constitua un petit noyau de trois filles en tête du classement chaque trimestre. La seconde et la troisième changeant de temps en temps de place, mais Martine, quant à elle, était restée tout le temps en première position de sa classe, même si les notes des trois élèves se tenaient à pas-grand-chose. Elle avait réussi à avoir quelques contacts avec ces deux autres élèves, principalement sur le programme et les cours, cela ne débordait que très rarement sur des discussions personnelles, mais c'était déjà mieux que le collège. Le fait que sa mère ne vienne plus l'accompagner avait grandement soulagé Martine du poids des railleries à son sujet aussi. Dans l'ensemble les trois années lycée avaient été bien meilleures, même si ce n'était pas au niveau de ce qu'elle espérait au fond d'elle-même. Elle reçut son BAC S avec mention « très bien ». Ses parents avaient été très fiers d'elle, vous imaginez, une fille de rémouleur, finir comme ça ! Pour la suite de son parcours, elle aurait très certainement adoré poursuivre par une spécialisation en mathématiques, ou bien la prestigieuse école supérieure de l'aéronautique (SUPAERO), sa jeunesse proche de Toulouse n'y étant pas étrangère. Seulement cela avait un coût et elle ne voulait pas mettre encore plus en difficulté ses parents, elle s'était finalement rabattue sur une école d'ingénieurs à Rouen et avait fait un dossier d'aide pour les études, le logement, etc… Bref elle avait bien calculé son coup, pour que l'impact sur ses parents soit nul ou presque. Germaine aurait sûrement préféré qu'elle reste sur Toulouse pour l'avoir tous les jours auprès d'elle, mais Martine avait tenu bon et rodé son argumentaire pour lui faire accepter cet éloignement. Avec sa carte jeune et des billets achetés tôt, elle lui promettait de revenir souvent au bercail. Le plus délicat était de se trouver un logement avec une collocation, afin de réduire les frais, mais pour cela, il aurait fallu qu'elle connaisse quelqu'un. Elle rechercha sur des sites spécialisés là-dedans et finalement rencontra une jeune fille de Lille qui pouvait correspondre à son caractère. Les premiers contacts téléphoniques avec Hélène se passèrent assez bien et elles décidèrent de se rencontrer un week-end à Paris pour faire plus ample connaissance. Quoi de mieux que de louer une chambre d'hôtel ensemble pour passer la nuit du samedi ensemble et voir comment cela fonctionnait ? C'est avec beaucoup d'appréhension, sans doute des deux côtés d'ailleurs, qu'elles se retrouvèrent Place d'Italie, pas très loin de l'hôtel qu'elles avaient réservé. Le premier contact confirmait leurs premières impressions. Elles s'excusaient, chacune leur tour, à chaque fois que l'une prenait la parole en même temps que l'autre, un peu de fébrilité, de maladresse avec un grand soupçon de timidité n'y étaient pas pour rien. Mais petit à petit le débit de choses urgentes qu'elles avaient à se dire diminuait et les conversations se faisaient de plus en plus fluides et spontanées. Elles récupérèrent les clefs de la chambre, puis après avoir choisi sans trop de difficultés le côté ou elles dormiraient, (pas de chance, c'était un lit deux places), elles passèrent chacune leur tour dans la salle d'eau pour se refaire une beauté et se changer. Une fois prêtes, elles sortirent un peu dans le quartier à la recherche d'un restaurant pas trop onéreux et surtout avec suffisamment de variétés pour pouvoir convenir à leurs attentes. Devant la multitude de propositions, elles n'avaient pas eu de mal à trouver leur bonheur dans un petit restaurant italien. Profitant à fond de ce week-end

« détente », elles allaient voir un spectacle dans un de ces nombreux cabarets parisiens, une espèce de pièce de théâtre des temps modernes assez drôle. Elles passèrent une très agréable soirée et commençaient à sentir la fatigue venir, elles furent contentes d'arriver dans la chambre d'hôtel, mine de rien, elles avaient avalé des kilomètres de bitume aujourd'hui. La nuit se passa sans encombre, il faut dire que la fatigue aidant, elles n'avaient pas eu besoin de berceuse. Le lendemain matin, le petit-déjeuner leur fût monté dans la chambre et elles passèrent une grande partie de la matinée à papoter de tout et de rien, mais aussi de faire le point sur la recherche d'appartement à Rouen. C'est Hélène qui s'y collerait pour toutes les deux, son père lui avait proposé de descendre sur Rouen avec elle pour l'aider. Martine lui donnait donc sa liste des points incontournables et des optionnels. Finalement, le mercredi suivant, Hélène encore surexcitée, appela Martine, elle avait en effet dégotté un petit appartement rive gauche donnant sur la Seine. Il était tout à fait charmant, et même en dessous de leur budget ce qui leur permettrait d'avoir une petite marge pour le poste « alimentation », qu'elles avaient réduit au strict minimum. La location démarrerait début septembre et Hélène serait là, les premiers jours, pour récupérer les clefs puis repartirait à Lille pour préparer tout ce qu'elle comptait emmener. Elles avaient décidé de ne pas avoir de véhicule sur place, elles avaient des petits commerçants près de l'appartement, et le reste se ferait en transport en commun qui paraissait bien étudié et développé dans cette charmante ville. Puis elles se retrouveraient, finalement, toutes les deux pour la dernière semaine de septembre, cela leur permettrait de passer un peu de temps dans leur famille, avant la coupure brutale et l'éloignement. Tout se passait à merveille et comme prévu, finalement Martine avait trouvé une vraie amie sur qui elle pouvait compter et vice-versa pour Hélène. Même si elles avaient leurs différences, leurs points communs étaient si nombreux que cela ne pouvait que coller entre-elles. Étant réservée, voire extrêmement timide l'une comme l'autre, elles n'auraient presque jamais de visite, ni d'invitation et cela leur convenait absolument. Elles prirent rapidement leurs marques, les tâches se succédaient sans qu'il n'y ait aucun souci entre-elles. Elles commençaient aussi à mieux se repérer en ville et à s'aventurer un peu plus dans les divers quartiers. Elles sortaient aussi souvent que possible, en fonction des moyens bien sûr, mais il arrivait fréquemment qu'il y ait des pièces, des concerts ou des spectacles pour pas très cher. Bref, l'une comme l'autre avait l'impression de naître pour la seconde fois, mais à l'âge pré-adulte et consciente cette fois. Vers la fin de l'automne, il leur était même arrivé de se faire draguer par deux frères qui ne les avaient pas laissées indifférentes. Mais avec les cours et puis la peur aussi de se lancer dans une relation sans trop savoir quoi en attendre, elles étaient restées froides et distantes et les beaux charmeurs durent allés chercher ailleurs d'autres proies...

    Ce vendredi soir, elles avaient décidé d'aller voir un concert d'un jeune groupe régional pas trop connu, mais dont les mélodies aux consonances celtiques leur plaisaient beaucoup. Elles étaient ravies de partager ce genre d'événement comme deux meilleures amies, voire comme deux sœurs. Au bout de quelques minutes emportées par la mélodie, elles commencèrent à se trémousser au rythme de la guitare, fermant les yeux et se laissant emporter par la mélodie. Martine était presque partie dans un monde imaginaire pour Bisounours amoureux, lorsqu'une vive douleur sur le bout de son pied gauche la fit atterrir d'urgence ! Son voisin de concert, venait accidentellement de lui marcher sur le bout du pied et cela provoquait une douleur terrible sur son gros orteil. Celui-ci ne savait plus comment lui dire pardon, se confondant en excuses maladroites, visiblement très timide, mais devant surmonter cela pour s'excuser, il en devenait touchant. Elle lui décrocha tout de même un sourire, et prit sur elle, tellement elle avait plus envie de hurler que de sourire…

La fin du concert se terminait dans une sorte de gêne commune Martine n'osant plus trop regarder vers sa gauche et le garçon partagé entre deux envies visiblement, celle de disparaître dans la nature, mais aussi celle de regarder sa victime avec un regard de chien battu une fois de plus, afin de s'excuser pour sa maladresse d'un instant. Le mal au pied et la fatigue les décidèrent à rentrer directement au lieu d'aller prendre un pot comme elles avaient prévu de le faire initialement. Hélène n'était pas contre d'aller se coucher, les heures de sommeil manquantes et cumulées commençaient à être trop nombreuses et un peu de raison, là-dessus, ne pouvait pas nuire. Durant leur retour Martine expliquait un peu mieux ce qu'il s'était passé, car avec la musique, Hélène avait perdu quelques explications. Elles trouvaient ce garçon vraiment spécial et sa réaction mignonne tout plein, Martine commençait à se demander si elle n'aurait pas dû essayer d'engager la discussion que ce garçon n'était visiblement pas en mesure de lancer par lui-même. Peut-être aurait-elle dû lui demander de leur payer un pot pour se faire pardonner. Cela l'aurait peut-être encore plus mis au plus profond de lui-même. Dommage, l'occasion était passée, mais ce n'était pas vraiment le signe qu'une princesse attend de son prince charmant…Il était temps de penser à autre chose et de se concentrer sur la semaine à venir qui promettait d'être chargée. Le week-end était assez agréable et les températures vraiment douces pour la saison, elles décidèrent d'aller bosser dans un des nombreux parcs afin de profiter des rayons bénéfiques du soleil. Elles passèrent facilement quatre heures sans trop s'en rendre compte tellement cela était agréable, puis elles décidèrent de boire un pot sur le chemin du retour avant de s'enfermer dans l'appartement. La semaine passait avec son lot de soirées à travailler jusqu'à point d'heures, de fatigue accumulée et de repas pris sur le pouce ou carrément sautés. Elles attendaient le week-end avec impatience, et comme Hélène devait rentrer chez elle, Martine s'était juré de passer le week-end au lit et en pyjama. C'est comme ça qu'elle passa son samedi, se réveillant vers 11 heures 30, elle prit un petit-déjeuner plus copieux qu'à l'habitude et se cala sous la couette pour enchaîner quelques épisodes de sa série préférée qu'elle avait en retard. Puis elle commença sa nuit, la fatigue accumulée lui permettrait de dormir encore d'une traite. Elle se réveilla vers 7 heures 30 et lutta pour rester au lit, mais se leva à 9 heures ne pouvant plus supporter d'être au lit, elle frisait l'overdose. C'était un joli dimanche bien ensoleillé et elle décida de se faire un sandwich pour le midi et de sortir s'aérer un peu. Elle se posa dans un parc pour manger son repas minute, puis après un bon moment alla à la terrasse d'un bistrot, pour tuer encore un couple d'heures avant de rentrer. Elle n'en revenait pas, devant elle se pointait son bourreau de pied, visiblement celui-ci ne l'avait pas encore reconnue ou vue. Arrivée à bonne distance elle se décidait à l'interpeller.

_ Salut, dit-elle

Détournant la tête, sa mine se renfrogna d'un coup comme un petit truand pris la main dans le sac et ses joues prirent une teinte pourpre très rapidement.

_ Euuuh, salut.

_ Tu me reconnais n'est-ce pas ? Demanda-t-elle ?

_ Oui, bien sûr, c'est que je ne m'attendais pas à te revoir.

_ Le monde est petit n'est-ce pas ?

_ Ça va mieux ton pied, demanda-t-il penaud !

_ Ah ben ça irait mieux si tu lui offrais un verre, lança-t-elle avec un sourire appuyé.

_ Oui bien sûr, je peux m'asseoir avec toi ?

_ Non répondit-elle du tac au tac, tu payes ton coup et tu t'en vas. Devant la tête du garçon, elle précisa directement qu'elle plaisantait, bien sûr qu'il pouvait s'asseoir avec elle. Décidément, il ne correspondait pas du tout au modèle de garçon qu'elle avait eu l'occasion de côtoyer, et cela n'était pas sans l'intriguer.

_ Qu'est-ce que je peux t'offrir ? Demandait-il encore sur le coup de la réponse précédente.

_ Bah, je ne sais pas trop, commande pour nous deux et surprend moi. Elle n'en revenait pas d'être à la manœuvre. Elle d'habitude si maladroite et complexée en présence d'un garçon, mais celui-ci était différent, elle ressentait une confiance accrue et avait l'envie de le décoincer un peu.

Le garçon s'approchant d'eux, il l'interpella d'un geste mal assuré.

_ Deux mojitos s'il vous plaît ?

_ Ça roule deux mojitos pour les tourtereaux, lança le serveur.

_ Un mojito à cette heure-ci, demanda Martine un peu surprise et amusée par la gêne provoquée par la prise de commande du serveur.

Pour la première fois, il semblait un peu plus sûr de lui, peut-être n'avait-il plus trop à craindre de sa maladresse passée.

_ Tu m'as demandé de te surprendre non ? Lui rétorquait-il.

_ C'est gagné, dit-elle avec un pouce en l'air et un clin d'œil complice.

_ Tu viens souvent ici, lui demanda-t-il ?

_ De temps en temps avec ma colocataire, celle qui était avec moi au concert. Et toi ?

_ Non ce n'est pas vraiment mon quartier et c'est la première fois que je m'assoie à cette terrasse, j'espère qu'il est bon leur mojito ?

_ Ah, ben s'il n'est pas bon, tu seras encore en dette et tu devras renouveler ta sentence. Dit-elle en riant franchement.

_ Je n'espère pas, cela aurait une incidence négative sur mon budget serré, visiblement cela se voulait être une plaisanterie, mais il restait sérieux de sorte que Martine ne sache pas trop si c'était du lard ou du cochon.

_ Ah tu en as déjà marre de me voir, lança-t-elle pour relancer la plaisanterie, si cela en avait été une.

_ Non pas du tout, sinon j'aurai pu me mettre à la table d'à côté, rétorqua-t-il encore une fois sur un ton sérieux qui la laissa encore dans la confusion. Était-il le roi des pince-sans-rire ? Cela dit si tel était le cas, il marquait des points, car elle adorait déjà sa répartie.

_ Une chance que la table ne soit pas nettoyée alors.

Coupant court à cette joute verbale, il se lança sur les sujets ennuyeux mais obligatoires pour faire connaissance.

_ Je suppose que tu n'es pas d'ici si tu vis en colocation, tu fais quoi comme cursus.

_ Je suis en école d'ingénieurs, à l'INSA, et toi tu bosses dans quoi ?

_ Je suis en Master II en psychologie, et je suis en colocation aussi, ma mère est sur St Nazaire et je n'ai pas de famille ici, juste ma demi-sœur qui est à Caen. On se voit de temps en temps le week-end. Je n'ai plus que ma maman, mon père, je ne l'ai pas connu, il est mort avant que je naisse et maman n'en parle pas trop. Elle a rencontré un type gentil qui a perdu sa femme dans un accident de voiture, et donc avec ma demi-sœur Julie, on a un point en commun, il nous manque quelqu'un et cette famille recomposée nous donne cette chance de se reconstruire assez facilement et sereinement. Ta famille est loin d'ici ? Tu vas les voir souvent ?

Martine se fit la réflexion que ce garçon était vraiment à part de ceux qu'elle connaissait, il ne dit pas sa reum, ou sa mère comme la plupart des garçons, mais sa maman. C'en est touchant, ce garçon est touchant, c'est le constat qu'elle était en train de se faire !

_ En fait mes parents sont dans le sud, du côté de Toulouse. J'ai de la chance à ce que je vois d'avoir mes deux parents, en revanche, je suis une erreur de la nature, enfin, je n'étais pas désirée, je suis arrivée tardivement, mes parents sont âgés, aujourd'hui, je m'en fiche un peu, je les aime plus que tout. Mais plus jeune, à l'école, j'en ai souffert, tu sais ce que sont les réflexions de sales gosses qui n'ont qu'un but, c'est de bien te faire souffrir...

_ J'imagine que tu ne vas pas les voir souvent ?

_ Non en fait je ne suis pas issue d'un milieu aisé et j'ai choisi cette formation pour des raisons économiques uniquement, j'aurais tellement aimé suivre la filière SUPAERO, mais je ne voulais pas en demander encore plus à mes parents. Pour les retours au bercail, c'est pareil, j'essaye au maximum de minimiser les descentes pour ne pas avoir à demander leur aide. Néanmoins, je suis contente de ma formation, et je suis bien placée, parmi les meilleures, donc je suis certaine que j'aurais une bonne situation, et que mes parents seront très fiers de moi.

Décidément, cette fille n'était pas à la norme d'aujourd'hui et il lui semblait que son cœur s'emballait à chaque fois qu'elle ouvrait la bouche, il n'avait jamais senti cette sensation avant, il se sentait si cruche, il avait peur de ne pas lui plaire. Comment pouvait-il s'entendre dire ça dans sa tête, il cherchait à lui plaire ? À bien y réfléchir, oui, il était sous le charme et ne voulait pas dire quelque chose ou faire quelque chose qui puisse nuire à cette rencontre. Il se languissait déjà l'appel qu'il ferait à Julie afin de discuter de ça avec elle. Elle saurait lui dire son avis de fille, après tout, il ne connaissait pas les filles, et Julie le lui avait souvent dit d'ailleurs.

_ Oui, je vois, ce n'est pas toujours facile d'être loin des siens, encore toi tu as l'air de bien t'entendre avec ta colocataire.

_ Oupss, je n'avais pas vu l'heure passer, j'avais promis d'aller la chercher à la gare, elle est rentrée à Lille dans sa famille ce week-end.

_ Est-ce que tu veux bien que je t'accompagne ? Je n'ai rien de prévu et contrairement à toi ma colocation n'est pas fabuleuse donc je ne suis pas pressé de rentrer.

_ Oui, si tu veux, c'est sympa à toi.

_Bon, puis pour être totalement franc avec toi, je t'offrirai un autre verre si tu le veux bien, celui-ci était mal dosé, je n'ai pas trop aimé.

_ Ah, si c'est toi qui invites, il n'y a pas de problème, rigola-t-elle.

Ils partirent tous les deux vers la gare en continuant chacun son tour de se dévoiler un peu plus, et visiblement le courant été passé, c'est le moins qu'on puisse dire. Une fois Hélène en vue, Martine fit brièvement les présentations, en l'appelant le bourreau des pieds imprudents en concert, ce qui les firent rirent tous les trois. Leurs chemins se séparèrent là, ils échangeaient tout de même leurs coordonnées, pour le verre qu'il avait promis, dit-il. Puis Martine pris l'initiative de lui faire la bise, voyant la gêne qui s'emparait de lui au moment de se dire au revoir. Le reste de la soirée, avait été le récit de leur rencontre et très vite, Hélène la coupa en lui demandant si elle était amoureuse. Cela a eu l'effet d'un éclair dans le brouillard. Soudain, Martine dut se poser tout plein de questions auxquelles les réponses étaient évidentes. Oui, elle était tombée sous son charme, elle ne pouvait pas se l'expliquer, et n'en avait pas l'intention. Son cœur battait pour quelqu'un d'autre que son cercle familial pour la première fois et cela lui avait fait tellement de bien.

Ce soir-là, Gérard n'en pouvait plus d'attendre l'appel de Julie, quand le téléphone sonna, il était tout surexcité.

Il ne savait pas par où commencer et Julie dut le calmer à plusieurs reprises tellement il en bafouillait. Gérard arriva néanmoins à lui raconter toute leur deuxième rencontre dans les moindres détails. Bien sûr, la première n'était pas à garder dans les annales, même si c'était sans doute la plus importante en fin de compte. Mais là, il se rappelait même les expressions de son visage à chacune de ses répliques. Julie écoutait patiemment sans trop interférer tant elle comprenait ce qui était en train de se jouer là. Son demi-frère adoré était tout bonnement en train de tomber follement amoureux, sans que ce grand benêt ne le sache vraiment.

Le week-end suivant Martine redescendit chez ses parents. Le week-end avait été fabuleux et agréable comme à chaque fois, cependant Germaine questionnait Martine plus que d'habitude, comme si elle se doutait de quelque chose que Martine ne dévoilait pas encore. En fait, elle avait décidé que ce serait mieux de ne rien dire de peur que ce ne soit pas sérieux d'une part, même si au fond d'elle-même, elle sentait que c'était la bonne personne sans se l'expliquer, mais surtout pour éviter de donner une raison supplémentaire à ses pauvres parents de se faire du souci. Hélas, comme d'habitude, le week-end passait trop vite à son goût, mais cette fois-ci le déchirement sur le quai de la gare serait adouci à l'idée de revoir Gérard dans la semaine.

De son côté, Gérard était monté rejoindre Julie à Caen. Il faisait un super temps et ils décidèrent de faire un pique-nique au bord de l'eau pour en profiter un maximum. Ils réussirent même à prendre quelques couleurs et en étaient très contents. Gérard n'en revenait toujours pas de l'analyse que Julie lui faisait de cette relation, mais ne sachant pas ce qu'était réellement l'amour et sentant bien que cette fille provoquait en lui des sensations qu'il ne connaissait absolument pas. Il devait bien convenir qu'elle avait sans doute raison, et même mieux il espérait fortement qu'elle ait raison. Cela ne l'effrayait même pas parce que cette fille était vraiment une chic fille. En plus elle était belle et si douce et gentille, il avait de la chance de l'avoir rencontrée et pour le coup, il n'était plus mécontent d'avoir été maladroit au concert.

Ils avaient projeté de se retrouver le vendredi soir pour un concert sur les quais de Seine, puis de finir la soirée ensemble tous les deux. Cela aurait été un crève-cœur pour Martine de demander à Hélène si cela ne la dérangeait pas qu'elle sorte seule avec Gérard, mais sa douce amie avait pris les devants en prétextant des révisions et lui avait proposé de la laisser aller seule au concert avec Gérard. Elle avait vraiment de la chance depuis qu'elle était arrivée à Rouen, non seulement elle avait trouvé une amie très gentille et adorable avec elle, mais aussi elle avait peut-être trouvé aussi son prince charmant…

L'attente jusqu'au vendredi fut interminable pour Gérard comme pour Martine, un vrai supplice. Finalement, le vendredi arriva enfin, et ils furent ravis de se retrouver pour cette soirée qu'ils espéraient, chacun de leur côté, exceptionnelle. Le concert n'étant pas le lieu le plus propice aux échanges, ils se lancèrent, chacun leur tour, des regards pleins d'admiration et d'amour, en évitant de les croiser autant que faire se peut. Au bout d'un moment, ils commencèrent à échanger quelques mots, au début sur la musique qu'ils écoutaient, puis les échanges se faisaient sur des sujets plus personnels. En se tournant vers lui pour lui dire quelque chose, comme il s'apprêtait lui aussi à lui parler à l'oreille, leurs lèvres se retrouvèrent à quelques centimètres, si près que Martine se lança et lui donna un premier baiser aussi furtif que maladroit. Il surmonta sa peur et se lança à son tour pour lui rendre un tendre baiser tout en l'enlaçant tendrement et lui caressant la nuque. Ce baiser se voulait bien plus long que le premier et surtout beaucoup plus langoureux. Ils en retirèrent un immense plaisir et sentaient le bonheur monter le long de leurs colonnes vertébrales pour exploser comme un feu d'artifice dans leurs yeux gorgés d'amour. L'endroit n'était pas le plus approprié pour ce moment de tendresse, mais ils auraient le temps de rattraper ça maintenant, seul le moment présent était important. Même si les mélodies étaient de bonnes factures et si cela sonnait bien, il leur tardait la fin du concert qui signifierait un moment de calme devant un pot dans un bistrot pas trop bruyant, ou le plus calme possible. Finalement, c'est Gérard qui décida de l'emmener dans un bar où il serait sûr de la qualité des Mojitos afin de lui faire découvrir le vrai goût de sa boisson préférée. Effectivement, Martine convenait aisément que celui-ci n'avait rien à voir avec le premier qu'elle avait goûté et dégustait très lentement ce joli breuvage pour faire durer le plaisir. Elle s'était blottie contre lui et il lui caressait les cheveux avec beaucoup de tendresse. Chaque fin de phrase se terminait inlassablement par un baiser tendre, le temps semblait figé. Les discussions allaient bon train et suivant les conseils de Julie, il lui proposa de venir passer le week-end suivant avec lui à St Nazaire pour rencontrer toute sa famille. Martine avait très envie de passer un week-end entier avec lui et en même temps avait peur que les choses se précipitent un peu trop. Il ne fallait pas brûler les étapes, ni aller trop vite. En même temps, elle sentait au fond d'elle-même une attirance si forte et il lui semblait qu'il ressentait lui aussi la même chose d'après leurs échanges qu'elle se disait aussi que ça ne risquait vraiment rien. Sentant qu'elle avait du mal à répondre, il s'empressa de lui dire que c'était une occasion parce que Julie serait là, mais qu'il comprendrait si elle ne se sentait pas prête et qu'il ne voulait surtout pas brusquer les choses. Cette dernière tirade confirma son ressenti et elle se surprit à lui dire oui si tu veux, ce serait super !

Le lendemain, il passa un bon moment à chercher le meilleur compromis entre le temps de passage chez lui et aussi garder un peu de temps pour les études, elle comme lui ne pouvaient se permettre de passer un week-end sans travailler. Il opta finalement pour le train de 18 heures 07 qui les ferait arriver à St Nazaire à 23 heures 30. Pour le retour, ils partiraient plus tôt, à 11 heures 22 pour arriver à Rouen à 17 heures 48, cela leur laisserait un peu de temps pour travailler, faire un brin de ménage et la lessive du week-end. Il retrouva Martine le mercredi soir et elle valida ce planning qui lui convenait parfaitement. Ne voulant pas arriver les mains vides, ni avec un banal bouquet de fleurs, Martine sonda son chéri afin de trouver une idée de cadeau originale et qui plairait à Stéphanie. Gérard n'était pas d'une grande aide et n'avait pas beaucoup d'imagination, il se contentait de dire non, oui ou peut-être, mais sans grande conviction. À force, alors qu'elle lui proposait un chat en porcelaine qu'elle avait repéré dans une boutique et dont les pattes avant qui tombaient le long de l'étagère, il acquiesça fermement se rappelant que sa maman en avait déjà trois et qu'elle aimait bien cela. Ils partirent donc à toute vitesse dans le magasin où elle avait vu ces magnifiques chattons avant que celui-ci ne ferme ses portes. Elle en trouva un très joli et pas trop cher, histoire de ne pas amputer de trop son maigre budget.

En élèves studieux et sachant que le voyage durerait plus de cinq heures, ils prirent chacun leurs cours afin de bosser un peu dans le train, mais entre le fait que ce n'était pas très pratique combiné au fait qu'ils avaient plus envie de se câliner qu'autre chose, ce ne fût pas d'une grande utilité. Au moins, leur conscience était tranquille.

C'est Julie qui les attendait à la gare, visiblement surexcitée de rencontrer enfin la copine de son demi-frère. Même s'il n'avait aucun lien de famille, ils aimaient bien, par rapport à la famille recomposée, s'appeler demi-frère et demi-sœur. La maison familiale n'était qu'à dix minutes en voiture ce qui ne leur laissa pas trop le temps d'échanger sur autre chose que les futilités habituelles du style « vous avez fait bon voyage ? Pas trop long ? Pas trop fatigués ? »

Stéphanie et Lucas étaient sur le perron et étaient visiblement pressés de les accueillir. Stéphanie avait préparé quelques petits gâteaux et des jus de fruits ainsi que des boissons chaudes, thé, café et se proposait de faire du chocolat chaud en cas de demande.

_ Bonjour maman, c'est trop gentil à toi, mais il ne fallait pas te donner cette peine, on est plus fatigués, qu'affamés tu sais.

_ Oh, je sais bien mon petit, mais que veux-tu, je ne savais pas si vous auriez un petit creux ou pas et je ne pouvais pas vous accueillir autrement, tu le sais bien.

_ J'aime beaucoup votre salon, la décoration est vraiment très jolie et simple en même temps, vous avez beaucoup de goût dit Martine.

_C'est très gentil à toi Martine, tu sais ce n'est pas grand-chose, quand j'ai emménagé avec Lucas, c'était un peu plus tristounet, on va dire…

_N'en profite pas pour me taquiner, j'avais plus important que la décoration à assumer et tu le sais bien.

_Vous n'allez pas vous chamailler comme des enfants, pas ce soir, on est tous fatigués, et on va laisser les tourtereaux se reposer un peu, coupa Julie.

_ Pas de problème ma chérie, allez oust, tout le monde au dodo. Comme ça, on ne se lèvera pas trop tard, demain, pour profiter au maximum, lança Stéphanie.

Gérard précédait Martine pour lui montrer les pièces du bas puis ils montèrent à l'étage et il lui indiqua où se trouvait les toilettes, la salle de bain et bien sûr sa chambre. Il avait décidé avec Stéphanie que Martine dormirait dans sa chambre avec le grand lit, quant à lui, il dormirait sur un matelas gonflable dans la chambre de Julie qui était la plus grande.

Le lendemain matin, comme à son habitude, c'est Stéphanie qui était debout la première. Elle s'activait à préparer un petit-déjeuner copieux avec des œufs brouillés, de la confiture, des tartines, de la brioche et bien sûr les boissons chaudes pour accompagner tout ça. Exceptionnellement, Lucas décida de ne pas trop trainer au lit, chose qu'il faisait habituellement le week-end et fut surpris de ne trouver que Stéphanie debout à cette heure-ci. Il profita donc pour vite faire un brin de toilette et s'habiller, avant la prise de possession de la salle de bain par une flopée de femmes.

_Je vais vite faire un saut à la boulangerie du coin et prendre des viennoiseries, qu'en penses-tu ?

_ Oui, excellente idée mon amour, mais tu as le temps, je ne suis pas certaine qu'ils émergent avant une bonne heure encore…

Lucas prit donc son temps et poussa jusqu'au buraliste prendre le journal du matin ainsi qu'un Sudoku, livre indispensable pour ses moments d'attente aux toilettes.

Julie et Gérard pointèrent le bout de leur nez une bonne heure après Lucas, comme le pressentait Stéphanie, quant à Martine elle avait déjà ouvert les yeux une ou deux fois, mais attendait d'être sûre que Gérard soit debout avant de sortir de la chambre. L'accueil avait été très chaleureux certes, mais elle se serait sentie très mal à l'aise de se retrouver seule pour cette première fois, si on peut dire.

Le petit-déjeuner se passa à merveille et Martine raconta un peu son histoire, sa famille et le fait qu'elle lui manquait bien sûr, mais que son choix avait été guidé par son désir de s'assumer presque toute seule. Entre les aides et les petits boulots d'été, elle avait mis pas mal d'argent de côté et elle se payait ses études ainsi que les à-côtés. Ses parents lui payaient de temps en temps un billet de train pour la voir un peu plus souvent, quand ça leur manquait un peu trop.

Elle raconta aussi qu'elle était issue d'une famille modeste de quatre enfants et que vu la différence d'âge avec ses parents, elle avait été un accident de la vie comme on dit, ce à quoi Gérard ajouta : « un bien bel accident ».

Hélas, elle avait perdu son frère Marcel, il s'était suicidé sans qu'on sache vraiment pourquoi, il avait toujours été très renfermé et très différent de ses deux autres frères. Un peu comme s'il n'avait jamais vraiment fait partie de cette famille. Pourtant, ses parents avaient donné autant d'amour à chacun des enfants et il n'avait eu aucune raison de se sentir exclu. Même elle, qui au départ n'était pas désirée, n'avait jamais eu à se plaindre de quoi que ce soit. Elle avait eu tout l'amour qu'un enfant attend de ses parents, cela est bien certain.

Stéphanie était devenue pale comme un fantôme dès que Martine avait annoncé le suicide de son frère Marcel qui habitait la région de Toulouse. Son sang se mit à se glacer et elle ne pouvait s'empêcher de penser à son Marcel. Cette fille serait la sœur de Marcel ? Mais alors cela voudrait dire que c'est la tante de son Gérard ? Oh mon dieu, c'est affreux ! Comment une telle chose pouvait-elle lui arriver ? Perdue dans ses pensées, elle n'avait pas fait attention que Lucas lui demandait si tout allait bien.

_ça va chérie, tu es toute pâlotte ?

_Oui ça va, ne t'inquiète pas, j'ai eu un léger malaise, mais ça me fait souvent ça le premier jour de mes périodes, tu sais bien.

Elle aurait tellement aimé en savoir plus sur ce suicide, afin de clore cette piste dramatique une bonne fois pour toute, mais elle ne voulait pas paraître indiscrète. Finalement, c'est Julie la curieuse qui lui posa la question.

_Comment ça s'est passé, vous avez vu la scène, je veux dire comment s'est-il donné la mort ? Oh, pardonne-moi, c'est peut-être trop indiscret ?

_Non, ne t'inquiète pas ça fait un moment maintenant et le temps a fait son œuvre, tu sais, le temps estompe les douleurs. En fait, il a avalé des cachets et c'est ma mère qui l'a découvert en allant le chercher pour manger, dans sa chambre. C'était une période un peu pénible qu'avait dû traverser toute la famille, d'abord avec l'enlèvement de mon petit-neveu qu'on n'a jamais retrouvé. C'est à ce moment-là que Stéphanie s'excusa prétendant aller se rafraîchir un brin. Martine continua son récit. À partir de là le couple de mon frère ainé était au plus mal et Marcel avait commencé à déserter de plus en plus souvent la maison, puis survint ce suicide, bref la famille finalement a remonté la pente tout doucement avec deux nouvelles naissances, comme pour compenser les départs, même si c'est stupide de voir les choses comme ça. Il n'empêche qu'à partir de là, la vie est apparue plus supportable à chacun visiblement. Mais je ne voudrais pas plomber l'atmosphère avec mes histoires tristes de famille. Bon et toi Julie, raconte-moi un peu, tes études ? Tes projets ? Tes amours peut-être si ce n'est pas trop indiscret.

_Non, pour les amours, c'est le point mort. Il y a bien quelques candidats qui ont tenté une approche, mais je suis passée maître dans l'art de refroidir leurs ardeurs… En fait, je suis vraiment concentrée sur les études et je n'ai vraiment pas trop le temps pour penser à tout ça. Je pense, et on en a souvent discuté avec Gérard, que lorsque la bonne personne se présente, les choses se font naturellement et il est impossible de ne pas reconnaître que c'est la bonne personne pour soi. Une évidence en quelque sorte. Gérard et Martine s'échangèrent un grand sourire à ce moment-là comme pour ponctuer cette déclaration.

Stéphanie de son côté se passait de l'eau sur le visage, elle avait maintenant la certitude que c'était bien la tante de Gérard qui se trouvait là devant eux. Comment allait-elle pouvoir gérer ça ? Dire l'insoutenable vérité maintenant ne servirait à rien. Ça détruirait sa vie et sa famille, Gérard et Martine aussi, non, c'était impossible. La vie était magnifique jusqu'à hier, il faut qu'il en soit ainsi à partir d'aujourd'hui aussi.

Comme Stéphanie tardait à revenir, Lucas alla aux nouvelles. Elle était en train de finir sa douche et de se préparer. Lucas entra à son tour pour faire un brin de toilette pendant qu'elle finissait de s'habiller.

Ensuite, chacun son tour passa par la salle de bain pour la toilette. Ils avaient décidé de faire un petit tour en ville pour montrer les principaux endroits caractéristiques à Martine et faire quelques emplettes pour les repas à venir.

Stéphanie avait mis un point d'honneur à cuisiner pour faire honneur à la chérie de son fils, même si maintenant, elle aurait sans doute préféré n'avoir rien dit de tel et mettre deux ou trois plats surgelés au four à micro-ondes !

Pendant que les parents allaient aux courses, les trois jeunes restaient à flâner au centre-ville et rentreraient à pied il n'y en avait pas pour très long, puis ils étaient jeunes après tout…

Passant devant un caviste, Gérard décida d'acheter une bonne bouteille de vin. Puis ils prirent le chemin de la maison tout en papotant de choses et d'autres.

Quand ils arrivèrent à la maison, les parents n'étaient pas encore rentrés des courses et Gérard et Martine s'allongèrent sur les bains de soleil dans le jardin, pendant que Julie montait dans sa chambre pour travailler un peu.

_Elle a un sacré courage ta sœur, allez bosser dans sa chambre par une si belle journée, dit Martine.

_Oui en même temps, nous aurions pu faire de même nous aussi hein ? Qu'en penses-tu, il reste bien 2 heures avant de passer à table, cela rattrapera le peu qu'on a fait dans le train, non ?

_Oui tu as raison, mais attention, on monte pour travailler, et pas autre chose, sinon on redescend se prélasser ici au soleil OK ?

Les parents furent surpris et fiers en même temps, à leur retour, de voir ses trois studieux élèves dans les chambres. Stéphanie se lança dans la confection du repas pendant que Lucas dressait la table du salon.

_Les enfants, on prend un apéritif si vous voulez bien ? Descendez, lança Lucas.

Gérard tendit la bouteille de vin à Lucas qui s'empressa d'aller l'ouvrir et Martine tendit son paquet cadeau à Stéphanie en lui précisant que Gérard n'avait pas été d'une grande aide, et qu'elle espérait que cela lui plairait.

_Merci beaucoup, mais il ne fallait pas te déranger, cela nous fait tellement plaisir de vous avoir tous les trois ce week-end, dit Stéphanie.

Elle enleva le papier pour découvrir ce magnifique petit chat qu'elle s'empressa de mettre en évidence sur une étagère du buffet du salon, comme si la place avait été faite pour lui.

_Merci énormément Martine, c'est très gentil à toi, il est très joli et sans le savoir une place lui était réservée, on dirait.

_Je suis soulagée que ça vous plaise.

_C'est une très gentille attention, je l'aime beaucoup et comme tu le vois, il ne sera pas seul, j'en ai quelques-uns par-ci, par-là, une collection commencée, mais jamais terminée. En tout cas, tu as eu bon goût, on dirait qu'il a toujours été là.

Le repas se passa sans problème, et les discussions s'étaient centrées sur les études, les matières qui plaisaient et celles qui étaient plus difficiles, leurs projets d'avenir aussi. Les parents étaient lovés sur le canapé, savourant leur café et écoutant sans perdre une miette les conversations. Gérard lança l'idée d'aller voir leur maison sur Batz le lendemain et pourquoi ne pas manger un bout là-bas, un pique-nique en bord de plage, vu que la météo prévoyait une superbe journée. L'idée fut rapidement validée par tout le monde et les enfants remontèrent studieusement dans leurs chambres jusqu'au souper du soir.

Le lendemain, la météo ne s'était pas trompée et la journée était particulièrement chaude et ensoleillée. Ils profitèrent tous de ce moment de pur bonheur sur la plage puis après un bref passage chez Stéphanie pour la douche et une petite collation, ils reprirent la route de St Nazaire. Julie avait son train trente minutes avant son frère, mais Gérard décida qu'ils partiraient tous ensemble afin d'éviter aux parents de faire deux allers-retours pour la gare. Le retour pour Rouen fut plus studieux qu'à l'aller, ils avaient bien profité de ce merveilleux week-end et pouvaient bien remettre un peu le nez dans les bouquins…

Ce soir-là, Stéphanie avait du mal à trouver le sommeil alors que Lucas, lui, était parti dans le monde des rêves sans trop de mal. Le week-end avait été mouvementé et riche en sorties ce qui les avait bien fatigués. Cependant, Stéphanie ne pouvait s'empêcher de repenser à la terrible découverte qu'elle avait faite. Qui aurait pu imaginer un truc pareil. Combien y avait-il de chance pour que son Gérard tombe amoureux de sa propre tante qui avait un an de moins que lui ?

Surtout, qu'ils avaient quitté la région de Toulouse pour mettre de la distance avec les vraies racines de Gérard. Malgré cela, le hasard avait fait qu'il se retrouve avec sa tante sur Rouen et en plus, qu'il en tombe follement amoureux…

De toute façon, il y aurait trop de risques à lever le voile aujourd'hui, ils auraient tous à y perdre. En premier lieu son fils Gérard et par voie de conséquence elle-même. Mais cela impacterait certainement sa vie intime avec Lucas et Julie. Le geste de Marcel quant à lui prendrait un tout autre éclairage, cela jetterait encore un peu plus de noirceur dans cette famille durement touchée. Le couple Gérard et Martine ne pourraient y survivre non plus. La seule chose positive, si l'on peut dire, serait que les vrais parents de Gérard retrouveraient leur fils. Mais finalement celui-ci serait un pur étranger pour eux et inversement. Toutes ces années passées auprès de Stéphanie, maman aimante, ne pourraient pas être balayées d'un revers et ce qui forge un homme ce n'est pas son ADN, mais bien l'éducation qu'il a reçue. C'est décidé, il faut à tout prix qu'elle chasse ses idées et qu'elle fasse abstraction de cela, la vie est belle et elle doit continuer ainsi.

Viva la vida

Gérard et Martine

Ils avaient décidé de concentrer leurs recherches d'emploi dans une zone délimitée par La Rochelle, Niort, Angoulême et Bordeaux afin de se retrouver assez près de leurs familles. Martine avait eu des contacts avec quelques sociétés sous-traitantes en aéronautique sur La Rochelle, et Niort, mais c'était de très petites entreprises sans trop de stabilité selon elle et elle les avait écartées, même si elle avait été retenue lors de l'entretien. Il lui restait deux entreprises plus sérieuses à taille humaine toutefois, une sur Bordeaux et une autre sur Limoges. Elle ne préférait pas se lancer d'entrée de jeu dans un grand groupe comme Airbus, elle voulait faire ses armes dans une petite structure, même si cela signifiait un moins bon salaire, pour elle, ce serait aussi là qu'elle pourrait mieux s'épanouir.

Finalement, elle se décida pour l'entreprise de Limoges, elle était assez bien cotée et elle s'y ferait ses premières armes, en plus cela les positionnerait presque à mi-chemin entre St Nazaire et Toulouse. Gérard se lança à son tour à la recherche d'entreprises à proximité, la tâche s'annonçait un peu plus délicate, mais il avait encore du temps devant lui. Au fur et à mesure que le temps passait, il élargissait de plus en plus le domaine des recherches jusqu'à s'éloigner fortement de son domaine de prédilection et commençait à se demander à quoi lui servirait son BAC+5 de psychologie pour travailler comme documentaliste, le dernier entretien qu'il venait de passer. Ils se lancèrent aussi à la recherche d'un appartement pas trop loin de Limoges si possible pour limiter les frais de transport. Il ne restait que peu de temps avant les examens et l'entrée de Martine dans la vie active ... Ils arrêtèrent leur choix sur un magnifique appartement en rez-de-jardin. C'était un joli T3 avec deux chambres spacieuses et une belle pièce de vie avec cuisine ouverte et équipée. La propriétaire n'habitait pas très loin de là et semblait vraiment très gentille. Elle ne leur demandait qu'un mois de loyer de caution, de plus les anciens locataires avaient laissé un canapé et les deux chambres meublées, car ils partaient pour l'outremer. Elle leur proposa donc de garder ces meubles, s'ils étaient intéressés et à leurs goûts, sinon elle les ferait enlever avant leur entrée dans l'appartement. De plus comme l'appartement était libre, elle leur proposa d'emménager quand cela les arrangeait le mieux.

Le loyer était plus que correct, et la situation assez sympa, le quartier était résidentiel mais proche du centre, animé, ce qui faisait qu'ils n'auraient pas besoin de voiture dans un premier temps. Martine avait un Bus de ramassage de son entreprise qui passait à deux minutes à pied et la gare se situait à dix minutes. Cela mettait encore plus la pression à Gérard pour la localisation de son futur travail.

Après en avoir longuement discuté, ils décidèrent de garder les meubles, seule la chambre d'amis n'était pas à leurs goûts, mais pour les rares fois où quelqu'un y dormirait, cela leur permettrait de mettre un maximum d'argent de côté, pour les voyages, les loisirs et aussi pour le futur mariage… C'est que ça coûtait de plus en plus cher, et fallait bien s'y préparer.

Gérard avait obtenu son diplôme sans difficulté, il ne restait plus qu'à trouver du travail pour être totalement heureux et serein, car pour l'instant, cela le tracassait un peu. Comme il avait fini ses études avant Martine, il décida d'aller passer une semaine sur Limoges afin d'être plus efficace dans ses recherches. Cela porta ses fruits car il trouva une entreprise de formation qui lui proposa un contrat de chantier (c'était parfait pour faire de l'argent rapidement, mais il ne comptait pas y rester longtemps.). Le travail consistait à préparer des questionnaires et les corrigés pour la formation de mécanicien automobile. Il aurait trois jours en télétravail et deux jours sur place. Comme ce n'était pas à côté de l'appartement, finalement, cela ne serait pas un problème. Il devrait prendre le bus, avec une correspondance et mettrait un peu moins d'une heure de transport, ça le changerait de Rouen, mais deux jours sur sept ce n'était pas la mer à boire non plus. Il était enfin soulagé de ce côté et avait écourté sa semaine pour passer la fin de semaine à St Nazaire chez ses parents.

Martine obtint son diplôme d'ingénieur en étant la major de sa promotion, cela la comblait de joie et elle se languissait d'aller partager cette joie avec ses parents. Ils projetèrent d'aller passer le week-end suivant (dernier week-end de libre avant que Martine n'attaque son travail) chez ses parents, ce serait aussi la présentation officielle de Gérard.

Germaine était dans tous ses états, elle voulait que tout soit parfait et comptait recevoir ce mystérieux Gérard de la meilleure des façons. Elle était si contente de recevoir sa fille avec son amoureux...

Hugues ne tarissait pas d'éloges sur sa fille, première de son école, une fille de rémouleur, vous vous rendez compte. Et elle ne devait ces résultats qu'à la force de son travail assidu. Elle avait décroché un travail dans une entreprise sous-traitante d'Airbus, le fleuron de la région. Mais il était certain qu'elle gravirait vite les échelons, ce serait une évidence, bien sûr.

Lorsqu'ils arrivèrent, la famille était au grand complet. Gérard se sentait attendu et très observé, un peu comme un des rois mages apportant de l'encens et de la myrrhe... Il fut rapidement à l'aise avec les frères et belles sœurs. Le round d'observation était un peu plus long avec les parents, leur âge jouant certainement quelque chose dans cette affaire.

Finalement, à la fin du repas, pendant que les femmes débarrassaient et commençaient la vaisselle, Gérard se retrouva assis sur le canapé entouré de Franck et Robert et faisait face à Hugues qui trônait sur son fauteuil électrique. Sylvie apportait les cafés et Hugues demanda à Robert de prendre la bonne bouteille de liqueur de poire, c'était une bonne occasion pour s'en jeter un petit, dit-il, avant de prendre un ton solennel.

_ Tu sais mon petit, je n'ai qu'une fille et j'y tiens comme à la prunelle de mes yeux. C'est une fille gentille, droite et honnête. Je ne doute pas une seconde que tu es un garçon bien, Martine ne serait pas restée avec un poltron.

_ Oui tout à fait je comprends.

_ Aussi je tenais à te dire que tu fais désormais partie intégrante de cette famille, tu es comme mon fils et j'entends bien avoir ce genre de relation avec toi mon garçon aussi longtemps que tu feras le bonheur de ma petite princesse.

_ Je peux vous assurer qu'il n'en sera pas autrement, nous avons pris notre temps tous les deux pour nous trouver mais c'est vraiment du sérieux entre nous.

_ Bien mon garçon, alors trinquons ensemble, les occasions ne sont pas si nombreuses, profitons-en !

Puis Sylvie et Sandrine vinrent rejoindre le groupe et commencèrent à questionner Gérard sur son parcours, sa jeunesse, ses études et ses parents. Gérard leur expliqua en long en large et en travers toute son enfance si heureuse auprès de sa gentille mère qui avait su combler le manque de son père qu'il n'avait jamais connu. Tant est si bien que lorsque Martine et sa mère arrivèrent dans le salon, Gérard était l'attraction et tous écoutaient attentivement son récit. Martine fit un signe à Franck de bien vouloir lui laisser la place à côté de son chéri. La soirée fut agréable et les anecdotes sur Martine bébé puis enfant commencèrent à arriver. Cela n'étant pas du goût de Martine, elle prétexta un grand besoin de sommeil pour prendre congé. Ils s'échappèrent tous les deux dans sa chambre qui était restée dans son jus, une chambre de jeune fille, joliment décorée avec beaucoup de goût.

Le week-end se passa à merveille, mais déjà, il était temps de remonter sur Limoges pour emménager et faire les premières courses. Ils avaient loué une voiture pour l'occasion afin de rapatrier leurs affaires de Rouen, mais surtout pour les premières courses, car il fallait en prendre des choses, entre les produits d'entretien et les victuailles pour tenir au moins quinze jours sans devoir y retourner. Ils avaient un petit commerce à proximité pour le dépannage et tous les commerces traditionnels, boulangerie, poissonnerie, boucherie à deux minutes à peine. Ils n'avaient pas eu le temps de bien prendre leurs marques que Martine entamait sa première journée. Elle était stressée et avait très mal dormi, le monde du travail n'était pas aussi facile que l'école d'ingénieurs, ça elle le savait bien. Gérard passa sa journée à faire les quelques petits travaux nécessaires, poser quelques étagères, l'étendoir dans le jardin et le ménage à fond, cela l'empêchait de trop gamberger au stress de Martine et au sien pour son démarrage le lundi suivant. Finalement, la journée de Martine n'avait pas été si difficile, en fait, elle avait eu beaucoup de présentations, de paperasse administrative et peu de temps pour appréhender son nouveau bureau et ses futurs collègues de travail. Elle était dans une équipe avec deux gars et une fille qui étaient un tout petit peu plus âgés qu'elle. Ils avaient tous l'air sympathique et souriant. Il ne lui avait pas semblé qu'ils étaient stressés plus que de raison. Les deux jours suivants ne lui permirent toujours pas d'appréhender vraiment le contour de sa nouvelle mission, mais elle avait validé que l'ambiance avait l'air sereine et amicale. Que demander de plus ?

Le lundi suivant s'était au tour de Gérard de faire son grand saut. Les formalités furent vite expédiées, sa responsable de mission entra très rapidement dans le vif du sujet, ils étaient hyper en retard sur un dossier et elle comptait bien sur lui pour minimiser au maximum celui-ci, le client étant particulièrement furieux d'apprendre qu'il y avait trois mois de retard à prévoir. Gérard se mit donc rapidement au boulot, et ce n'était pas pour lui déplaire, au contraire, cela l'empêchait de gamberger qu'il aurait dû avoir une meilleure situation après son Master II. Rapidement, il s'aperçut que le dossier comportait bon nombre d'erreurs et il décida d'en parler à sa responsable.

_ Bonjour Agnès, je ne te dérange pas ?

_ Bonjour, non ça va, qu'est-ce qui t'emmène ?

_ En fait j'ai plusieurs questions, il semblerait qu'il y ait des erreurs mais je préfère voir avec toi pour être sûr avant de perdre du temps à corriger pour rien si c'est moi qui ai mal compris.

_ Montre-moi.

_ Voilà tu vois, j'ai surligné ce qui ne me paraissait pas bon, qu'en penses-tu ?

_ Oh la vache, tu as entièrement raison, on n'avait vraiment pas besoin de ça. Puis sur un ton plus en colère, je ne comprends pas comment François, qui est là depuis deux ans, fait encore ce genre de bêtises sans même s'en rendre compte alors que toi qui viens d'arriver voit ça comme le nez au milieu de la figure.

_ Je suis désolé, je ne voulais pas mettre un collègue dans l'embarras, je suis confus.

_ Non, tu n'y es pour rien, et tu n'as pas à t'excuser au contraire, je te remercie d'avoir vu cela. Je n'ose même pas imaginer le savon que nous aurait passé le client, en plus du retard, si le travail n'avait pas été au niveau attendu, tu nous sauves la mise. De toute façon, François n'en est pas à son coup d'essai, je te rassure, nous connaissons tous, sa désinvolture, et il méritera encore une fois sa remontée de bretelles, ne t'inquiète pas pour ça. Allez, je suis désolé, cela te retardera encore, mais tu vas devoir tout contrôler et corriger. Merci pour ta vigilance encore une fois, du bon boulot, on peut dire que tu n'as pas attendu pour te faire remarquer toi.

Le soir venu, Gérard était tout fier de raconter sa journée à Martine. Elle savait qu'il faisait un sacrifice pour eux avec ce travail temporaire qui ne servirait que de travail alimentaire, mais malgré cela il avait su s'affirmer et se faire remarquer dans le bon sens du terme. Elle était fière de lui.

Les deux jours suivants, Gérard travaillait de la maison ce qui lui permit de faire énormément de corrections. Il n'avait même pas pris le temps de déjeuner, une pomme et une tasse de thé avaient été son seul repas de la journée. Il était encore à fond dans ses dossiers quand Martine arrivait le soir, et c'est elle qui se jetait sur les fourneaux pour leur préparer un bon petit repas bien mérité. Martine avait une cantine assez sympa, où elle trouvait de quoi manger, léger et pour pas très cher (l'entreprise participait aux charges de la cantine.) ce qui faisait que le soir elle se contentait d'un petit repas frugal. Cela leur allait bien, ils étaient mieux ainsi pour dormir que s'ils avaient mangé des repas trop lourds à digérer.

Agnès avait prévu de faire un point tous les quinze jours avec Gérard. Cela afin qu'il ne se retrouve pas tout seul dans son bain et aussi pour pouvoir prévenir le client sur l'estimation du retard à prévoir. Ce matin-là, Gérard était devant le bureau à attendre quand elle arriva.

_ Bonjour Agnès.

_ Bonjour Gérard, désolé, mais il y avait de la circulation aujourd'hui, je suppose qu'il y avait eu un accident peu de temps avant, ça ne bouchonne pas comme ça d'habitude.

_ Ce n'est pas un problème ne t'inquiète pas j'ai pu continuer à travailler en t'attendant avec le Wifi.

_ Cool. Alors dis-moi un peu, où en es-tu ?

_ Eh bien, j'ai fini la première partie des questionnaires et il ne me reste que toute la partie des réponses.

_ Waouh ! Je suis impressionnée, tu as sacrément bossé dis-moi ! Je te félicite.

_ Merci bien. En revanche, j'ai donné la première partie pour relecture à l'équipe, mais j'ai eu le refus de Géraldine et Magalie qui seraient vraiment sous la vague. Seul François serait à même de s'y coller, mais je sens bien que depuis sa remontée de bretelles, il n'est pas aussi coopératif que je pourrais le souhaiter.

_ Bon ne t'inquiète pas, j'en fais mon affaire, je l'appelle dans la foulée, et encore merci, tu fais un sacré bon boulot et je pense pouvoir dire qu'on a rattrapé un bon mois de retard. Cela aurait mérité une petite prime en fin de mois, mais malheureusement, c'est le client qui fixe le budget et il n'est certainement pas près de payer une prime pour un dossier rendu en retard. De notre côté, la situation financière ne nous permet aucun superflu. Je sais que cela n'a aucune valeur, mais sache que je t'aurai donné une prime si seulement j'avais pu.

_ Écoute Agnès, je comprends très bien la situation et suis content que tu apprécies mon travail à sa juste valeur, certes une prime n'aurait pas été inutile dans ma situation, mais je comprends très bien.

Le temps passait très vite, trop vite. Ils avaient un week-end de relâche tous les deux à venir et si la grenouille n'avait pas fait de farce, la météo prévoyait un temps d'été, très ensoleillé et très chaud, de quoi envisager un week-end farniente autour du barbecue. Encore une fois, ces moments heureux de détente passaient beaucoup trop vite. Nous étions déjà le lundi et le boulot reprenait sous la pluie battante. Au moins ils avaient eu un merveilleux week-end en amoureux.

Gérard était en train de préparer son dossier pour le présenter à Agnès, ce matin, c'était le jour de leur point habituel quand le téléphone se mit à sonner.

_ Gérard ? C'est Agnès, tu n'es pas encore parti ?
_ Bonjour, non mais j'étais sur le point de le faire.
_ Écoute, je suis désolé, mais ça va être compliqué aujourd'hui. Je peux te demander un énorme service ?
_ Oui bien sûr vas-y.
_ En fait en début d'après-midi je devais voir le client avec ta présentation mais figure toi que ma maman est entrée à l'hôpital et je ne vais pas pouvoir y aller, est-ce que tu te sentirais d'y aller à ma place et de présenter ton travail, finalement comme tu l'aurais fait avec moi, mais devant le client ?
_ Écoute, oui, je pense pouvoir faire ça, tu me prends au pied levé, mais vu les circonstances, tu n'as pas vraiment le choix. Mais, je ne sais pas où c'est et je n'ai pas de moyen de locomotion.
_ Oh tu es trop gentil, merci, tu me sors une épine du pied. C'est à dix kilomètres d'ici, mais tu peux prendre la voiture de service. J'appelle la secrétaire pour qu'elle fasse le nécessaire. Elle viendra te remettre les clefs à ton bureau et encore merci pour ton aide précieuse.
_ Il n'y a pas de quoi, c'est normal.
_ Bon Merci à toi, ne stresse pas, c'est un homme comme un autre, il ne va pas te manger. Fais comme si c'était à moi que tu présentes le dossier. Tu es très professionnel, je ne me fais pas de soucis pour ça.
_ Merci pour tes encouragements et bon courage pour ta maman.
Me voilà en route pour présenter mon travail sur le dossier du client, la circulation étant fluide et il ne me fallut pas trop longtemps pour arriver à l'entreprise. Je me présente à l'accueil et une hôtesse me prend en charge et me guide jusqu'au 3e étage dans une salle de réunion déjà pleine. Le client fait rapidement les présentations de son personnel en leur expliquant qu'Agnès n'avait pas pu venir pour raison familiale et que j'étais la personne directement concernée sur l'avancement du

dossier. Après quoi, il me cède la parole. C'était un peu intimidant, mais comme je maîtrisais très bien mon sujet, la présentation était fluide et j'avais toute leur attention. Une fois terminé, après quelques murmures, de-ci de-là, le client me remercia pour cette présentation et pour le travail accompli. Avant de laisser la parole à son personnel pour d'éventuelles questions, il se permit d'en poser une seule. Sa question, prévisible, était toute simple. À quelle date je pensais pouvoir rendre le dossier complet. Bien entendu, je m'étais préparé à cette question et j'avais convenu avec Agnès de la date à annoncer, tenant compte des délais de correction et des aléas. C'est avec une immense fierté et un plaisir non feint que je lui annonçais qu'on avait rattrapé pas mal de retard et que je pensais pouvoir livrer le dossier complet en fin de mois soit avec seulement quinze jours de retard sur le contrat et surtout deux mois et demi avant la dernière estimation faite par Agnès. Cette annonce me valut des félicitations par la plupart des personnes présentes dans la salle et j'étais comme sur un petit nuage. Petit à petit, les personnes quittèrent la salle et le client me fit signe de rester un moment auprès de lui. Une fois la porte fermée et seul avec lui, il me confia qu'après en avoir discuté avec Agnès, et très impressionné par mon travail, il avait décidé de m'octroyer une petite prime pour avoir presque réussi à rattraper tout le retard. Je le remerciais chaleureusement et pris congé. Sur le chemin du retour, j'étais tout euphorique, bien que je ne sache pas du tout à combien s'élèverait cette prime, la satisfaction du travail accompli suffisait déjà à me combler de joie. Ce soir-là, pour fêter cette bonne nouvelle, j'emmenais Martine dans un petit troquet branché qu'on avait déniché afin de manger quelques tapas et siroter quelques cocktails originaux.

 Les mois passèrent à la vitesse de l'éclair et nous étions déjà à l'aube des fêtes de noël. Suite à des débats, parfois houleux, nous avions finalement décidé de passer ces premières fêtes de Noël chez Martine dans sa famille, et nous passerions le nouvel an à St Nazaire avec mes parents et Julie. Stéphanie avait eu un peu de mal avec cette décision, mais au final elle comprenait et nous avait souhaité de passer de bonnes vacances en famille. Les valises n'étaient pas encore bouclées et pourtant nous devions être à la gare dans moins de deux heures, Martine était au téléphone avec sa maman et visiblement elle n'avait pas sa meilleure mine. J'essayais de la questionner du regard, mais rien ne filtrait à part son visage sombre et fermé. À peine la conversation terminée, elle se rua sur les valises en me bousculant un peu et en m'expliquant qu'elle aurait tout le temps de me raconter dans le train. Une fois que nous étions bien installés dans le train, bondé en cette veille de fête, elle m'expliqua que sa maman venait de lui apprendre que Sylvie était à l'hôpital, elle souffrait d'une grave maladie des reins et son pronostic vital était engagé. Elle devait recevoir une greffe de rein assez rapidement si elle voulait avoir une chance de survivre. Martine était perdue dans ses pensées et visiblement très affectée par cette terrible nouvelle. Les fêtes ne se présentaient hélas plus aussi joyeuses que ce qu'on avait pu imaginer. Le lendemain, nous passions un bon moment à l'hôpital où toute la famille se succédait au chevet de Sylvie pour que la journée lui paraisse moins longue et pénible. Je trouvais bizarrement que Sylvie avait l'air de bien prendre la chose, comme si cela la soulageait quelque part de quitter ce monde et de retrouver son petit Jérôme et cela me perturbait quelque peu. Le lendemain, des prélèvements avaient été effectués sur chaque personne proche de la famille afin de voir si toutefois, il y avait un donneur possible dans son cercle familial rapproché. Je décidais d'y participer, cela ne me coûtait rien de faire ce test. Les repas étaient assez lourds et pénibles. Bien évidemment, personne n'avait le cœur à plaisanter en de pareilles circonstances. Deux jours plus tard, alors qu'ils étaient à l'hôpital auprès de Sylvie, le docteur demanda à Gérard de venir dans son bureau pour lui donner les résultats des prélèvements d'un geste de la main, celui-ci fit comprendre à Martine qu'il voulait voir Gérard seul à seul. Une fois assis dans le bureau, le docteur avec une mine d'enterrement lui annonça qu'il avait une révélation terrible à lui annoncer. Gérard se sentait défaillir. Qu'avait-il de si sérieux et secret à lui annoncer ? Avait-il une maladie incurable ? Le Sida ? Tout lui passait par la tête, tout à coup, essayant de se contenir et de ne pas tomber dans les pommes, un brouhaha terrible se fit entendre dans sa tête, comme si toute la fanfare de la ville s'était mise à jouer à tue-tête… Gérard était complètement sous le choc et redoutait les prochaines paroles du docteur.

_ Nous avons fait une découverte pour le moins surprenante, et nous nous y sommes pris à plusieurs reprises afin que nos résultats soient vérifiés et formels, vous comprenez ?

_ Oui, j'imagine, que se passe-t-il ? Suis-je malade ?

_ Non, rien de tel rassurez-vous, cela ne concerne pas votre état de santé, vous êtes donneur compatible.

_ Ah, mais c'est une bonne nouvelle, ça veut dire que vous pouvez me prendre un rein pour sauver Sylvie, c'est bien ça ?

_ Oui, tout à fait, c'est la bonne nouvelle, mais si cela est possible c'est qu'en fait, vous êtes le fils de Sylvie. Connaissant très bien son histoire, je peux affirmer que vous êtes en fait son fils Jérôme. Je tenais à vous informer en premier lieu avant de prendre une quelconque décision. Cela fait beaucoup d'informations d'un coup et je comprendrais que vous ayez besoin de temps pour digérer tout cela. Ceci dit, si vous êtes d'accord pour la greffe, ce dont je ne doute pas un instant, il faudrait prendre votre décision le plus rapidement possible, l'état de Sylvie s'aggrave plus vite que prévu et nous n'avons que peu de temps pour réagir. Voulez-vous que j'appelle votre compagne ? Voulez-vous boire quelque chose ?

_ Euh, oui, je veux bien un verre d'eau, s'il vous plaît et je préférerais rester un moment seul si cela ne vous dérange pas. Et oui, je suis toujours d'accord pour la greffe, cela va de soi.

Le docteur referma la porte derrière lui, et la terre s'effrita sous mes pieds, j'avais l'impression de tomber en chute libre assis sur cette chaise en cuir souple. J'essayais de repasser ces informations dans ma tête. Mon père inconnu était en fait Robert ! Et Stéphanie, ma tendre maman, n'était pas ma vraie maman, mais c'était cette inconnue dans son lit d'hôpital entre la vie et la mort à qui je m'apprêtais à donner un de mes reins pour la sauver d'une mort certaine. Ma mère biologique comme on dit. Mais cela veut dire que Martine est ma tante ! Oh mon dieu, c'est quoi cette histoire de dingue. Hier tout était merveilleux, je vivais un vrai conte de fées, enfin de prince charmant plutôt et aujourd'hui, en l'espace de deux minutes, la terre s'était dérobée de dessous mes pieds et j'étais en chute libre et dieu seul savait dans quel état j'allais atterrir ? Le docteur arriva avec un verre d'eau et une bouteille et avait pris un anxiolytique aussi, pensant que j'en aurai grand besoin. Si seulement je n'avais pas fait ce test, après tout, je n'étais pas obligé et Martine avait eu quelques réticences lorsque j'avais décidé de faire le test, si seulement je l'avais écouté !

Et puis, non, en fait, il était bon pour tout le monde que la vérité éclate. Comment allait réagir Sylvie, dans son état en plus, d'après Martine elle avait eu les plus grandes peines du monde à surmonter ma disparition. Était-ce une bonne nouvelle finalement, j'étais un parfait étranger pour elle, comment pourrait-elle m'aimer comme une mère, et moi, comment aimer cette parfaite inconnue comme une mère ? Ma tête allait exploser, j'avais besoin de soutien, je n'y arriverai pas seul, ce n'était pas possible. Je demandais au docteur s'il pouvait demander à Martine de me rejoindre, j'avais besoin de lui parler au plus vite. Martine entra dans ce bureau dans une demi-pénombre, et ne comprenant pas ce qui était en train de se passer se jeta dans mes bras en me demandant ce que le docteur avait de si important à me dire. À ce moment-là, je fondis en larmes et il me fallut un bon moment avant de pouvoir me calmer, ma tête tambourinait toujours aussi fort.

_ Qu'est-ce qu'il se passe ? Tout va bien mon chéri ? Parle-moi ? Dis-moi ? Es-tu malade ? Est-ce grave ?

_ Non, ce n'est pas ça.

_ Que se passe-t-il alors ?

_ Eh bien, les tests ont été positif, je suis donneur potentiel, et…

_ Et tu ne veux plus être donneur c'est ça ?

_ Non tu n'y es pas du tout, ce n'est pas ça. Ils ont trouvé grâce à mon ADN… Je me remis encore à sangloter, ma gorge se serrait, les mots n'arrivaient plus à sortir. Au fond de moi une peur immense, qu'allait être ma vie demain ? Est-ce que Martine voudrait encore de moi ? Biologiquement parlant, c'est ma tante ! Mais amoureusement parlant, et avant de savoir tout cela, c'était la femme de ma vie, celle dont j'ai toujours rêvé, toujours attendu, avec qui je veux fonder une famille avoir des enfants, être heureux tout simplement.

_ Qu'est-ce qu'ils ont trouvé, ne me laisse pas comme ça, dis-moi ?

_ Je t'aime…

_ Moi aussi, je t'aime follement, mais tu me fais peur là. Martine était devenue pâle comme un drap d'hôpital, qu'est-ce qui pouvait se passer dans sa tête, il fallait que je lui lâche vite la nouvelle, dieu sait ce qu'elle devait s'imaginer.

_ En fait ils sont formels, d'après mon ADN, je suis le fils de Sylvie et Robert, je suis Jérôme !

Martine ne s'attendait pas à une telle annonce, qui aurait pu penser à ça un instant ? Les mêmes images, le même film devait être en train de passer dans sa tête, comme cela fut le cas pour moi quelques minutes plus tôt. Martine n'avait pas cessé de lui caresser les cheveux, cela était-il bon signe ? Elle restait bouche bée à me fixer, mais son regard était absent, son esprit avait momentanément quitté la pièce. Son cœur était-il toujours là, à commander ses mains de continuer à me caresser les cheveux tendrement ? Elle reprit ses esprits au bout d'un long moment.

_ Ça veut dire que je suis ta tante, et tu es mon neveu. C'est dingue ça, te rends-tu compte ?

_ Je ne sais pas trop quoi en penser, mais je me raccroche à ce qu'on a vécu hier et avant-hier. Pour moi, rien n'a changé, rien ne doit changer. Tu es mon âme sœur, tu es ma muse, tu es mon amoureuse, ma princesse au bois dormant, et rien ne pourra changer ça dans mon cœur. Ce que je viens d'apprendre est terrible, et j'ai encore du mal à imaginer les réactions des autres, Ma maman, enfin Stéphanie, Lucas et aussi Julie. Mais aussi tes parents et mes parents biologiques, Sylvie dans son état, après ce qu'elle a vécu, comment encaisser cela ? Je ne suis qu'un étranger, le petit copain de sa belle-sœur, puis d'un claquement de doigts, je me transforme en son fils qui vient la sauver ! C'est trop bizarre. Dis-moi que rien ne changera pour nous, dis-moi qu'on s'en fout de ce que penseront les autres, hein ma chérie, tu m'aimeras encore, tu m'aimeras toujours ?

_Mais, bien sûr gros benêt, l'amour n'a pas de visage, pas de couleur pas de frontière. Comment pourrais-je balayer d'un revers de manche tout cet amour que j'ai gardé précieusement au fond de moi pour te l'offrir. Pour moi, tu es toujours Gérard, et tu le resteras. Ce n'est pas une suite ADN qui va me foutre en l'air l'amour de ma vie et les rêves que tu as fait naître en moi, non ça, je ne le permettrais pas.

D'un coup, Gérard faisait le rapprochement entre le copain de sa mère « Marcel », qui l'avait soutenu lors de la mort de son fils Patrick, qui l'avait aidé pour l'adoption et son installation à Batz-sur-mer, puis qui s'était suicidé. Ce « Marcel » là, était donc le frère de Martine. Et Gérard n'était pas un enfant adopté, mais enlevé à sa famille !

Il fit part de ses réflexions à Martine qui en vint aux mêmes conclusions. Le suicide de son frère n'était plus aussi inexplicable, tout prenait du sens maintenant.

Ils s'enlacèrent tendrement et échangèrent un long baiser langoureux. Quelques minutes plus tard, le docteur rentrait de nouveau dans le bureau pour voir si tout allait bien.

_ Comment allez-vous ? Le cachet devrait commencer à faire effet maintenant, non ?

_ Oui, ça va mieux merci. Pensez-vous qu'il faille l'annoncer à Sylvie, dans son état ?

_ Je viens de lui annoncer qu'on avait un donneur potentiel et l'ambiance est à l'euphorie dans la chambre, je crois pouvoir dire qu'aucun moment ne serait plus propice pour faire cette annonce.

_ Bien, je comprends, mais les émotions ont été très fortes en peu de temps, je ne serai pas capable de dire quoi que ce soit, pourriez-vous vous en charger ?

_ Allez dans la chambre, j'arrive d'ici cinq minutes.

Martine et moi retournâmes en chambre pour trouver toute la famille en liesse, ça rigolait comme pas permis et notre entrée ne fut presque pas remarquée. C'est Robert qui prit le premier la Parole.

_ Martine, Sylvie a un donneur, elle va avoir sa greffe très bientôt, c'est pour ça qu'on est tous en folie là. Lança-t-il tout content.

_ Oui je sais, le docteur nous a mis au courant, en fait c'est Gérard le donneur compatible.

Ils se turent tous et leurs regards se focalisaient sur Gérard, gêné tout à coup d'être devenu une bête de cirque que tout le monde scrutait.

D'un coup, Robert se jeta sur lui et le serra très fort dans ses bras.

_ Tu ne sais pas comment je te suis reconnaissant, Gérard, à peine tu rentres dans cette famille, on dirait que c'est le bon dieu qui t'envoie.

Gérard, resta un moment bouche bée et aucun mot n'arrivait à franchir ses lèvres, comme si celles-ci étaient cousues fermement. C'est à ce moment que le docteur fit son entrée.

_ Bon, comme je vous l'ai dit, nous avons trouvé un donneur compatible. Robert s'empressa d'annoncer la bonne nouvelle qu'ils venaient d'apprendre de la bouche de Martine.

_ Oui Martine nous a dit que c'était Gérard, c'est bien ça ?

_ Oui, Gérard est compatible et nous avons poussé un peu nos recherches car ce résultat était pour le moins inattendu. En fait, les tests ADN sont formels, et la compatibilité vient du fait que Gérard est en fait votre fils Jérôme.

Soudain, le silence et l'effroi prirent la place des rires et de la bonne humeur. Sylvie après un temps d'arrêt venait de se mettre à sangloter et se mordait les lèvres. Son visage était rempli par la joie et la tristesse immense en même temps, elle était méconnaissable et baignait dans ses larmes. Gérard senti au fond de lui un appel puissant et se rapprocha du lit puis tout doucement la serra dans ses bras. Ils restèrent un moment comme ça enlacés, Gérard penché sur son lit. Robert s'était assis et Sandrine était venue à ses côtés et lui caressait la joue tendrement. Il n'arrivait pas à faire sortir ses larmes, mais l'émotion était bien là, bien palpable. Franck prit la main de Martine et ses yeux la regardaient plein de compassion. Il se demandait comment elle allait encaisser tout cela. Celui qu'elle venait de faire entrer dans la famille comme son petit amoureux, n'était autre que son neveu. La pauvre petite sœur, ce serait un coup dur pour elle. Martine, comprenant le regard de son frère, lui chuchota à l'oreille. Il est et restera à jamais Gérard et rien ne pourra changer cela. Elle lâcha la main de Franck pour récupérer les bras de son Gérard qui venait d'arrêter son câlin et revenait vers elle. Le silence retomba une nouvelle fois et chacun dans sa tête essayait de comprendre ce qui venait de se jouer là et quelles en seraient les conséquences.

Martine décida de rentrer sur ces entrefaites, elle voulait être celle qui annoncerait cette nouvelle bouleversante à ses parents. En arrivant à la maison, Hugues regardait la télé pendant que Germaine mettait les dernières petites touches à la table. Elle prit Germaine par le bras et l'emmena s'asseoir à côté de son père.

_ Papa, maman, nous avons une nouvelle bouleversante à vous annoncer. Ses parents se figèrent, visiblement, ils étaient à mille lieues de s'attendre à ce qui allait suivre.

_ Gérard a fait les tests et est un donneur compatible, il va donc donner un de ses reins pour sauver Sylvie, mais ce qui est le plus important, c'est que les tests ADN ont révélé qu'en fait, Gérard, n'est autre que Jérôme, le fils naturel de Robert et Sylvie.

_ Quoi ? Que nous dis-tu là repris Hugues les yeux grands ouverts.

_ C'est bien vrai, nous sommes tous encore sous le choc bien entendu, mais c'est irréfutable. Et Martine se mit à reconstruire le puzzle. Le rapprochement de Marcel et de Stéphanie qui venait de perdre son fils d'une maladie foudroyante. Le rapt de Jérôme pour combler une injustice envers la triste vie de Stéphanie, ainsi que son éternelle jalousie de son frère ainé. Puis, l'installation de Stéphanie et Gérard en Loire atlantique. Finalement, sans doute à cause des remords, son acte incompréhensible jusqu'à aujourd'hui.

_ Mais alors vous deux, demanda Germaine perplexe ?

_ Pour nous deux, rien ne change Maman. L'amour qui nous unit l'un à l'autre ne changera jamais et sera plus fort que tout. On s'aime envers et contre tout, et personne ne nous séparera.

Germaine se jeta dans les bras de sa fille et la serra très fort, attrapant au passage le bras de Gérard, les voilà maintenant à se faire un câlin à trois têtes.

Ce soir-là, le repas avait une toute autre physionomie. Après un moment de confusion et de gêne, Martine, qui en avait longuement discuté avec Gérard dans la chambre, prit la parole.

_ Il ne faut surtout pas se prendre la tête, même si ce qui nous arrive est énorme. Je suis Martine et il est Gérard et cela ne changera pas. Même si génétiquement, on vient de faire une terrible découverte qui par chance sauvera sans doute Sylvie d'une mort certaine. Gérard a une histoire qui ne s'est pas écrite, ici, comme elle aurait dû l'être. Aujourd'hui, demain tout comme hier, Gérard est un garçon qui a grandi auprès de sa mère Stéphanie à Batz sur mer et pour lequel j'éprouve un amour sans faille. De son côté, il est éperdument amoureux lui aussi et son intégration dans ma famille qui est aussi sa famille génétique n'en sera que plus facile, enfin avec le temps. Sur ce, ils échangèrent un long baiser qui se termina par des applaudissements de toute la tablée.

Durant le repas Gérard n'avait pas été très bavard, on sentait bien qu'il était un peu ailleurs. Était-ce sa future opération qui le perturbait ? Où était parti son esprit ? S'apercevant que Martine le sondait du regard, il prétexta vouloir prendre un peu l'air et sortit cinq minutes. Martine lui emboîtait le pas.

_ Ça va bien ? Demanda Martine.

_ Non, en fait, je me demande si maman est au courant de tout ça ? Elle était toujours très évasive sur l'adoption, mon père, tout ça.

_ Tu crois qu'elle sait qui je suis et qui tu étais sensé être ?

_ Je n'en sais rien. Je me creuse la cervelle pour savoir si je dois lui dire ou pas, mais je ne peux pas faire autrement, je ne pourrai pas garder un tel secret sur moi.

_ Fait ce que tu penses être le mieux, je te suivrai quel que soit ton choix mon chéri.

_ Merci ma beauté, je t'aime tellement, j'ai tellement eu peur de te perdre, c'est comme si on m'avait arraché le cœur dans le fauteuil du médecin.

_ Tu veux qu'on monte plus tôt chez toi ? De toute façon, tu devras redescendre pour l'opération dans quelques jours.

Gérard, cette nuit-là avait eu du mal à trouver le sommeil, il se repassait sans cesse en boucle l'annonce qui lui avait été faite dans le bureau du docteur, mais aussi l'étrange malaise qu'avait eu sa maman lorsque Martine avait parlé de sa famille, du rapt du petit Jérôme et du suicide de son frère Marcel. C'était à ce moment-là que Stéphanie était partie se rafraîchir et avait été un peu bizarre ensuite. Gérard en était de plus en plus convaincu, elle savait, elle avait dû faire le recoupement ce matin-là. Certainement qu'elle n'avait pas voulu m'en parler pour ne pas ternir un peu plus cette histoire et risquer de nous précipiter dans une grande tourmente.

Au petit matin, Martine et Gérard se retrouvèrent dans le train en direction de St Nazaire. Gérard était très pensif et absent, il se repassait sans cesse le film de son arrivée. Comment allait-il aborder le sujet avec sa maman ? Il était hors de question qu'il en parle devant Lucas et Julie, il allait devoir s'isoler seul avec Stéphanie un moment pour avoir cette discussion. Martine, comprenant qu'elle n'arriverait pas à soulager son esprit tourmenté, se contentait de lui caresser les cheveux comme une maman apaise son enfant malade.

Arrivés à la maison, tous se jetèrent sur eux pour des câlins, puis ils se retrouvèrent dans le salon. Stéphanie leur demanda pourquoi subitement, ils avaient changé leur plan et étaient venus plus tôt, cela leur faisait énormément plaisir bien sûr, mais elle se demandait si tout s'était bien passé chez les parents de Martine. Ils les rassurèrent en expliquant qu'ils devraient y redescendre bientôt et que du coup, ils avaient décidé de profiter de passer un peu plus de temps, ici, sachant qu'avec leur travail respectif, ils n'auraient pas l'occasion de sitôt de prendre encore des congés. Pour ces fêtes, comme les entreprises étaient fermées, ils avaient dû poser des congés sans solde, mais ensuite, ils devraient attendre d'avoir suffisamment cotisé pour pouvoir prendre d'autres jours. Julie proposa à Martine de dresser la table ensemble pendant que Lucas irait chercher du bois pour la cheminée. Gérard en profita pour demander à voir sa maman dans sa chambre cinq minutes. En montant à l'étage, Stéphanie était passée devant lui, elle pressentait déjà ce que son fils avait à lui dire, même si elle ne comprenait pas comment il avait découvert toute cette histoire.

_ Maman, comme tu le sais, Sylvie, la belle-sœur de Martine, est à l'hôpital et elle est très mal en point.

_ Oui, vous me l'avez dit.

_ Elle a besoin d'une greffe de rein, et nous avons profité d'être là-bas pour faire des examens de compatibilité. Il s'avère que je suis parfaitement compatible, et que je vais donc redescendre pour lui donner un de mes reins. Pour la sauver

_ Mon enfant, c'est magnifique ce que tu fais là, et courageux. Je suppose que tu as bien réfléchi avant de prendre un tel engagement ?

_ Oui, même si au début Martine, n'était pas très sûre, je lui avais rétorqué qu'il n'y avait que peu de chance que je sois un donneur potentiel, et que si tel était le cas, on vivait très bien avec un seul rein et qu'il me serait insupportable de me savoir donneur et de ne pas faire ce geste-là.

_ Oui je comprends.

_ Mais ce n'est pas tant pour ça que je voulais te parler maman. Les médecins ont cherché et vérifié à plusieurs reprises pour s'apercevoir sans aucun doute que j'étais le fils de Sylvie et Robert. En fait, je suis leur petit garçon enlevé et jamais retrouvé. Gérard continuait à parler malgré les larmes qui coulaient très fort sur le visage de Stéphanie.

_ Oh mon dieu, mon chéri !

_ Tu le savais, n'est-ce pas ? Ne me mens pas, j'ai besoin de savoir.

_ Mon chéri, tu sais que je t'ai toujours aimé et que je t'aimerai toujours comme mon propre enfant.

_ Je sais cela, je n'ai jamais eu à me plaindre de mon enfance ni de quoi que ce soit, tu as été une maman formidable que beaucoup d'enfants aimeraient avoir, je sais très bien cela.

_ En fait, Marcel, le frère de Martine s'était beaucoup rapproché de moi lorsque Patrick était en phase terminale. Pas comme un amoureux, j'avais été très claire dès le début avec lui et disons que cela nous convenait bien, même si je pense qu'il était tombé amoureux de moi par la suite, sans qu'il sache vraiment ce qu'était l'amour. Il était très renfermé.

_ Tu me disais que c'était comme un grand frère pour toi.

_ C'est comme ça que je le voyais. Il prit cette terrible décision lorsque je lui avais annoncé qu'ayant perdu mon mari et bientôt mon enfant, j'aurai aussi perdu ma raison de vivre et que je prévoyais de mettre fin à mes jours, car plus rien ne pourrait me retenir dans cette vie.

Cela l'avait chamboulé et quelque temps plus tard, il me présenta cette solution complètement folle d'enlèvement. Au début bien sûr, je ne voulais pas en entendre parler, mais il était tenace et il ne cessait, jour après jour de me décrire ma vie avec ce petit enfant, seule dans la région de mon choix à rebâtir une vraie vie, telle qu'à ses yeux, je méritais.

_ Il t'avait dit quel enfant il prévoyait d'enlever ?

_ Oui, il avait une jalousie et un complexe d'infériorité énorme envers son frère ainé, et bien sûr au début je protestais. Mais la lutte contre la maladie de Patrick avait dû mettre ma résistance à rude épreuve. À force de rêver à une vie dorée plutôt qu'à une fin sordide, je me suis laissais convaincre. Je sais que c'était mal, et je prie depuis ce jour-là pour que le ciel puisse être indulgent avec moi à l'heure de mon jugement dernier. Je me suis efforcée à ce que ton enfance, ta vie soit au moins aussi belle et douce que si tu étais resté dans ta famille biologique.

_ Et tu savais depuis quand pour Martine ?

_ Je n'en reviens toujours pas de cette folle coïncidence. Comment avez-vous pu vous retrouver à Rouen tous les deux et encore plus improbable, tomber éperdument amoureux l'un de l'autre ? Je n'avais aucune raison de soupçonner cela avant votre dernière visite. C'est quand elle a parlé de son neveu enlevé et de son frère qui s'était suicidé qu'un éclair m'a transpercé sur-le-champ.

_ C'est à ce moment-là que tu es montée te rafraîchir, c'est bien ça ?

_ Oui mon chéri ce fut une épreuve terrible pour moi, mais par amour pour toi et pour ton bonheur, j'ai décidé de ne rien dire. J'ai bien réfléchi aux dégâts collatéraux qu'une telle révélation ferait. Je pense même que je pourrai être poursuivie sans doute. Mon couple n'y survivrait pas et je n'ose imaginer ce que cela ferait subir à ta belle-famille, enfin ta famille en réalité. Mais maintenant que tu es au courant, je ferai ce que tu voudras pour toi. Si tu veux que la vérité éclate, je respecterai ton choix, quelles qu'en soient les conséquences, je ferais tout ce que tu voudras.

_ En fait ma famille est déjà au courant car lorsque le médecin m'a annoncé les résultats des tests ADN, je ne me voyais pas garder cela secret plus longtemps. J'en ai longuement discuté avec Martine et nous avons décidé de le dire à la famille. Sylvie et toute la famille venaient d'apprendre par l'hôpital qu'ils avaient trouvé un donneur compatible. Ils étaient donc tous dans une joie profonde, notre annonce, bien que ce soit le scoop du siècle, ne pouvait pas arriver à meilleur moment. Certes, il y a eu quand même un malaise, surtout pour Robert et Sylvie, puis après tout ce temps le comportement et le geste de Marcel a pris un autre éclairage. Mais comme je leur ai dit je suis un parfait étranger aujourd'hui, ma vie, mes souvenirs, c'est avec toi ma maman que je les ai eus. Et la chose la plus importante, c'est que Martine et moi sommes éperdument amoureux et pour la vie.

_Oh mon chéri, je t'aime tant, tu es une si belle personne.

_ Nous ne changerons rien, je resterai toujours Gérard et je fonderai une famille avec Martine, et rien ni personne ne pourra nous en empêcher.

Stéphanie me prit dans ses bras et me serra très fortement, de toutes ses forces, ses larmes ressemblaient plus à des larmes de joie maintenant…

Personne ne saura jamais, si c'est le fait d'avoir été enlevé de cette poussette à côté de Martine, ce jour-là, qui a créé ce lien si fort et indestructible entre nous, mais ce que nous savons Martine et moi…

C'est que l'amour est plus fort que tout…